ベルトル
追放された神父
クロス
神聖教会の崇める女神
エレオノール

ミュン
ジェシカ
マーレット

「状況は理解した」
「この男は、オレの知り合いだ」
邪神街の顔役
ベロニカ

「《邪神の血》が流れている」と言われ、神聖教会を追放された神父です。

～理不尽な理由で教会を追い出されたら、信仰対象の女神様も一緒についてきちゃいました～

KK

ぶんか社

CONTENTS

プロローグ　教会追放

「クロス神父、君には、本日限りで我ら神聖教会からの除名を宣告します。追放です」

左右に立ち並ぶ、神聖教会の関係者達。

彼らに挟まれるようにして立っていたクロスは、一瞬耳を疑った。

真正面に向かい合う、この神聖教会支部のトップ――ベルトル司祭の発言に対してだ。

「念のため言っておきますがこれは私の独断ではありません。総本山の決定ですので、悪《あ》しからず」

「そんな、何故《なぜ》ですか……」

平静を取り戻したクロスは、少しの困惑が交ざった声で問い掛け、一歩前に出る。

それに反応し、左右に居並ぶ者達の内、数名が臨戦態勢に入った。

屈強な体格の彼らは、神聖教会が雇っている衛兵だ。

「……………」

黒く、裾《すそ》の長いコートのような服装は、神聖教会の神父服。

長身で引き締まった体格。

清潔感のある切り揃《そろ》えられた黒い髪に、黒い目。

精悍《せいかん》な顔立ちの青年である。

彼――クロスは、荒事の気配を察知し動きを止める。

無闇に争う気は無い。

「……ふんっ」

ベルトル司祭は、そこで右側――すぐ横の人物に目配せをする。

その人物――神聖教会総本山からの使者は、手にした書簡を広げ、機械的に喋《しゃべ》り出した。

「クロス神父、あなたの就労態度を調査させていただきました。『性格は温厚』『いたって真面目で品行方正』『困窮する人々の声に耳を傾けている』『問題の改善のためであれば、教会上層部の方達への進言も厭《いと》わない』『神父としての職務に誠実に向き合い、女神様への祈りも毎日欠かしていない』……同僚の神父、シスター達からの評価は、すこぶる良好です」

「……驚きましたよ、クロス神父」

総本山からの使者が言葉を句切ると、ベルトル司祭が待ち構えていたように声を発した。

「これらの人望に満ちた評判の数々が、我々の目を欺くための仮の姿だったとは」

「どういう……」

「クロス神父」

クロスの声を遮り、使者が言う。

「念入りな調査の結果、あなたが《邪神街》の出身であるということが判明しました」

「……！」

「更に調査を進めた結果、あなたが《魔族》の血の混ざった人間……つまり、《邪神の血》の系譜から連なる、汚れた存在であるということも」

「ふふっ、なるほど、なるほど」

その発言を聞き、ベルトル司祭が苦笑を漏らした。

「ならば、君が人間以外の他種族に対しても、やけに友好的思想を持っていたことにも説明がつく」

「………」

「しかし、君が《邪神の血》の流れる者とわかった以上、女神エレオノールを信仰する我ら神聖教会への在籍を許すわけにはいかない。聖域を汚す存在。重大なる女神様への冒涜《ぼうとく》です」

「………」

「何か、弁明はありますか？」

弁明は、できない。

《邪神街》の出身であるということを黙っていたのも隠し通そうとしていたのも事実だ。

神聖教会において、《邪神》の血を継ぐといわれる《魔族》は存在そのものが禁忌とされ、《邪神街》はそんな《邪神》の系譜を継ぐ『汚れたる者』達が生息する呪われた土地と評されている。

クロスは、《魔族》と人間のハーフである。

子供の頃から、人よりも強い魔力を持っている自覚はあった。

その力を使い、誰かの役に立ちたくて、この国で最大の規模を展開しつつある宗教――慈愛の女神を信仰する神聖教会の門戸を叩《たた》いた。

長年の修行を経て、今では神父の立場となり、聖職に従事していた。

幼心にも、自分が《魔族》と人間のハーフとバレれば、良くない処遇が下される可能性があるということはわかっていた。

しかし、ここにいれば聖なる《魔法》の修練、女神様への祈り……何より、困っている人々の助けになる活動を、同じ志を持つ者達と協力し積極的に行える。

だから、習得した《魔法》を使う際にはできるだけ力を抑えて、今日まで目立たぬように努めて生きてきた。

それでも、力がどうしても必要な場面に出くわした際には、一時的に解放したこともあった。

それらが、疑いの元となってしまったのだろう。

「《邪神街》の出身であることを隠し、長年この神聖教会に潜んでいた目的は何ですか？　成長した暁には、《邪神街》の犯罪組織のスパイとして働くためか……それともこの教会内で信頼と地位を得て、権力の一部を乗っ取る気でいたのか」

「誤解です。僕はスパイでもないですし、そんな思惑も抱いていません」

クロスは本心から言う。

「僕はただ……出生なんて関係無く、自分にできることで人の役に立ちたい、人の助けになりたかった、それだけです」

「信じられませんね」

しかし、ベルトル司祭は酷薄に返答する。

「《邪神街》の出身者に……《邪神の血》が流れる《魔族》もどきに、そんな良心的な心が通っているなどとは思えない。何か、裏があるはずだ」

「そんな……――あ、ちょ、女神様！　抑えて！　抑えてください！」

「……？」

急に背後を振り返り騒ぎ出したクロスに、ベルトル司祭を初め、その場にいる者達が怪訝《けげん》な顔になる。

「あ、いえ、こちらの話です」

クロスは、あはは……と困ったように笑って、体の向きを戻した。

この状況でもどこか余裕のある彼に、ベルトル司祭は苛《いら》ついた表情を浮かべる。

一方、クロスは再び真剣な表情になる。

「どうしても、判定は覆りませんか？」

ベルトル司祭は、ふぅ……と嘆息を漏らし「不可能です」と冷酷な声で言った。

「しかし、我々も寛大です。たとえ君が最低の背信者だったとしても、これ以上無駄な抵抗や申し開きをせず、大人しくここを出ていくというのであれば手荒なマネはしません」

「……………」

左右に控えた衛兵達が、クロスを睨《にら》む。

手荒な真似《まね》はしない……と言っている割には、準備が万端だ。

「あなたのような『汚れたる者』を守ろうと、助命の嘆願をする者達もいるようです。彼らへの厳しい処遇も検討せねばいけませんね」

「！」

おそらく、クロスと親交の厚かったシスターや同僚の神父達の中に、今回のクロスへの処遇に異議を唱えてくれている者達がいるのだ。

「ただ、あなたが素直に自身の悪意……『《邪神街》出身でありながらそれを隠していたのには、やましい理由があったから』と認めて立ち去るのであれば、彼らの意思も変わるとは思いますが」

「……………」

彼らを巻き込みたくないなら、自分が『汚れたる者』だと認め、汚名を被《かぶ》って素直に出ていけ。

ベルトル司祭は、そう言っているのだ。

「……わかりました」

クロスは、ぎゅっと唇を噛《か》み締め、そう言った。

ふっ、と、司祭達は嘲笑《あざわら》うような笑みを零《こぼ》した。

「話は以上です。神父……いいえ、元・神父、クロスよ。我らが女神様の御側《みそば》より、早急に消え去りなさい。この『汚れたる者』め」

++++++++++++++

「はぁ……」

教会を後にし、クロスは落ち込みながら平原を歩いている。

出ていけと言われたその足で、そのまま出てきてしまった。

手荷物は、教会の自室にあった数えるほどの私物を、鞄《かばん》に詰め込み持ってきただけ。

お世話になった人達に挨拶《あいさつ》くらいはしたかったが、そんな時間も許してはもらえなかった。

今更戻っても、中には入れてもらえないだろうし、諦《あきら》めるしかない。

『落ち込む必要などありません、クロス!』

そんなクロスの背後から、声が聞こえた。

振り返ると、そこに美しい女性の姿があった。

しかも、彼女は空中に浮いている。

金刺繍《ししゅう》の入った薄い布を体に巻き付けたような、神秘的なドレスを纏《まと》う美麗な肢体。

金色の長い髪がふわりと揺れ、頭部には月桂冠《げっけいかん》が巻かれている。

彫像のように整った顔立ち、体から放たれる神々しいオーラ。

正に、女神と呼ぶに相応《ふさわ》しい様相だった。

そんな彼女が――。

『上ッ等ッです！　今までのクロスの働きも考慮せず下らない差別意識で追放を言い渡すなど！　こんな教会こちらから出ていってやりましょう！　ね、クロス！』

ふぎー！　と、興奮した猫みたいな声を上げて、拳を振り回している。

おかげで、神秘的な雰囲気も神々しいオーラも台無しである。

「落ち着いてください、女神様」

クロスは、そんな彼女を困り顔で窘《たしな》めながら、微笑《びしょう》を零す。

彼女は、女神エレオノール。

何を隠そう、神聖教会の崇拝する女神様である。

実は、クロスは以前より彼女の存在を視認し、交信ができていたのだ。

クロスが、人よりも多少強い魔力を持っている影響だろうか。

それとも、いつ何時《なんどき》も女神様への敬愛と祈りを欠かさなかったためか。

神聖な存在である彼女が見え、普通に話もできるのだ。

ただ、神聖教会の他の者達……先程も、司祭達には彼女の姿が見えていなかったようだが。

「それに、とりあえず当面の資金はもらえましたし」

クロスは、出立の際に『退職金です』と言って渡された、硬貨の入った皮袋を取り出す。

『こんな端金《はしたがね》、完全に手切れ金じゃないですか！　クロスの優しい性格にも、ここで少しばかりの温情を掛けておけば、神聖教会に関して悪い噂《うわさ》を言いふらしたりしないだろうっていう、完全な口止め料ですよ！』

ふんふんと、憤慨するエレオノール。

この女神様、人間の汚さをよく熟知している。

『まったく、我が宗教ながら恥ずかしい……もっと怒っていいのですよ、クロス』

眉尻を下げるエレオノールに、クロスは「ありがとうございます」と、微笑《ほほえ》みを返す。

「でも、女神様の姿を見ていたら嘆く気力も失《う》せてしまいました。女神様がいてくれると、心強いですね」

『ふふんっ、当然です。人の心を癒《い》やすのも、女神の務《つと》めですからね』

「……というか今更ですけど、女神様、僕に付いてきてしまって良かったんですか？」

『いいんです。どうせ私の姿が見えない信者達に囲まれていたって、しょうがないですしね』

そう言って胸を張るエレオノールを、クロスは苦笑しながら見詰めていた。

女神と称するには無茶苦茶な彼女を見ていたら、なんだか元気が湧《わ》いてきた。

そうだ、今はただ前を向こう。

教会を追い出され、居場所を失い、行き先も無い。

それでも自分には培った《魔法》と、女神様がついてくれているのだ。

下を向く理由が無い。
何もかもが自由で、何をしたっていい。
クロスは立ち止まり、腰に手を当て、空を見上げる。
晴れ渡った青空が、自身の前途を表してくれているなら――嬉《うれ》しい。

+++++++++++++

さて、これからどうしようか――。
教会を追い出されたクロスは、とりあえず一番近くの大きな都に向かうことにした。
クロスの働いていた神聖教会の支部は、小高い丘陵の上にあった。
街へは、平原を越えて森を抜け、街道に沿ってしばらく歩かないといけない。
クロスは獣道を進み、その後ろにエレオノールがふわふわと浮遊しながら付いてくる。
『結構歩きましたよ、クロス。疲れていないですか？』
教会支部から街に向かう際には、馬車等の移動手段を使うのが普通だ。
徒歩だとかなり時間がかかってしまう。
『ちょっと休憩した方がいいのでは？』
「大丈夫ですよ、むしろ、いい運動です」
エレオノールを振り返り、クロスは微笑む。
クロスは《魔法》の鍛錬だけでなく、肉体の鍛錬も怠っていない。

『健全な魂は健全な肉体に宿る』という教会の教えに則《のっと》り、不摂生をせず筋力のトレーニングも欠かさなかった。

なので、この程度の移動はどうってことない。

「体を鍛えていたのは、結果的に正解だったかもしれないですね。これなら、肉体労働系の仕事にも再就職できそうですし」

『ふむふむ、そうですね。ですが、クロスは折角《魔法》も使えるのです』

そこで、ふよふよとクロスの前に回り込んで、エレオノールが言う。

『どうせなら、冒険者になってみませんか？』

「冒険者……」

冒険者。

冒険者ギルドに所属し、舞い込んでくる様々な任務《クエスト》をこなして報酬をもらう、言わば自由業のようなものだ。

『必要なのは、自身の腕と実力のみ！　能力一つでのし上がり、最高ランクの冒険者ともなれば貴族や王族からも一目置かれる存在となる！　正に自由と一攫千金《いっかくせんきん》を絵に描いたような職業ですよ！

現在、ギルドへの登録手数料もお得になっているキャンペーン中！　今がチャンス！』

「女神様、その宣伝文句は一体どこから聞いてきたんですか……」

冒険者ギルドの回し者のようである。

しかし――と、クロスは考える。

「お金や地位はともかく、確かに冒険者になれば……」

その時だった。
クロスの耳に、どこからか甲高い馬の鳴き声が聞こえた。
「！」
『ん？　今、何か聞こえましたね……』
馬のいななき声……しかも、かなり逼迫《ひっぱく》したようなものだった。
もしかして……。
思ったと同時、クロスは走り出す。
『あ！　クロス！　待ってください！』
後方からエレオノールも慌てて飛んでくる。
クロスは走る。
平原を駆け抜け、森に入る。
木々の間を縫うように走り、やがて、開けた山道に到達した。
「………」
予想は当たった。
悪い方にではあるが。
『ぜぇ、ぜぇ、く、クロス、どうしたのですか、突然……』
ヘロヘロになりながら追い付いたエレオノールに、クロスは声を潜めて言う。
「……盗賊です」
山道の途中で、馬車が十数人の男達に取り囲まれていた。

武器や防具や身に纏った、見るからに荒々しい、厳《いか》つい雰囲気の男達は――まず盗賊団と見て間違い無いだろう。

最近、お尋ね者達が徒党を組んで各地で通行中の市民を襲っていると、王国騎士団からも通達が来ていた。

襲われているのは二頭立ての馬車――見るからに大金持ちが乗っているとわかる。

馬車を引いていた二頭の馬達は、体に矢が突き立てられ倒れている。

おそらく護衛だろう――鎧《よろい》を纏った騎士達も、負傷して横たわっている。

矢を受けた者や、切り傷を負った者……彼らが私設騎士団の者達なのか、王国騎士団の者達なのかはわからないが、それでも生半可な実力ではないはずだ。

おそらく不意打ちを受け、数で攻められ倒されたのだろう。

苦しそうに呻《うめ》く騎士達や、浅い呼吸を繰り返す馬を見るに、矢には毒が塗られていたようだ。

そして、下卑た笑みを浮かべた盗賊の男達は、馬車の扉に手を掛け、乱暴に開ける。

中には、綺麗《きれい》な衣服を纏った可憐《かれん》な女の子の姿があった。

お付きのメイドに抱き締められ、一緒にふるふると涙目で震えている。

どこかの大富豪の令嬢なのかもしれない。

『金目のものはあまり持ってなさそうですが、あのお嬢様を攫《さら》って身代金を要求するつもりなのかもしれないですね』

「……………」

『あ、クロス！』

クロスは木々の間から姿を現し、馬車を取り囲む盗賊達の前に立った。

「ん？　なんだ、お前」

男達が振り返り、クロスの姿を見る。

「通行人か？　こっちは今忙しいんだ、痛い目に遭う前にとっとと消えな」

「おい、そいつ神父じゃないか？」

クロスの格好を見て、盗賊の一人が言った。

「なんだ？　神様の名の下に悪事は見逃せねぇってか？」

クロスよりも一回り体の大きい、筋骨隆々の男が前に出る。

手には、巨大な手斧《おの》を握っている。

「偽善者め。どうした？　力尽《づ》くで止めて見せろよ」

男の言葉に、他の盗賊達も追従して嗤《わら》う。

クロスは、黙って右腕を持ち上げる。

「……気に入らねぇな」

そんな、クロスの冷静な態度が癪《しゃく》に障ったのか、男は手にした斧を振り上げた。

「片腕になってもそんな顔してられるか、確かめてやるよ！」

そして、斧を振り下ろす。

――瞬間、クロスの右手に、光の刃《やいば》が握られていた。

「《光　刃《スラッシュ・レイ》》」

迫りくる、重く厚い鋼鉄の塊と、クロスの召喚した光の刃が交錯する。

――一瞬の間の後、切り飛ばされた手斧の刃部分が、近くの地面に落下して突き刺さった。

「…………は？」

刃が両断された斧を振り下ろした姿勢で、屈強な男は間の抜けた声を発する。

衝撃も無く、手の中の得物――その重厚な刃渡りが切断されたのだ、仕方がないだろう。

「こ、こいつ！　《魔法》が使えるのか!?」

瞬間、盗賊達の間に衝撃が走る。

クロスの手の中に輝く光の剣――それは正しく、聖なる《光魔法》の一つ、《光刃》のそれだからだ。

「お、落ち着け！　光属性の《魔法》は、主に補助や回復、後方支援を得意とするものばかりだ！　攻撃力は大したことねぇ！」

「お、お前詳しいな！」

「昔、冒険者だったからな！」

「じゃあ、なんであいつの斧が一撃で切り飛ばされたんだよ!?」

「それは知らねぇよ！」

「この役立たず！」

勝手に騒いで勝手に揉《も》め出している盗賊達。

その間にも、クロスは一歩前に踏み出す。

彼と相対していた屈強な男は、思わず一歩後ずさりする。

「静かにしろ！　コイツがたとえ《魔法》を使えても、たった一人だ！」

そこで、盗賊団の一人が声を上げる。

「数にものを言わせて、囲んでボコボコにしちまえばどうってことねぇ！　この騎士どもをやった時みたいによぉ！」

「そ、そうだ！　全員でかかれ！」

男達は殺気立ち、手にした得物を構え出す。

剣、斧、弓、槍《やり》、棍棒《こんぼう》……種類は様々だ。

確かに、クロス一人に対し、盗賊団は二十人近くいる。

多勢に無勢だろう。

――そこで、クロスは《光刃》を解除すると、代わりに右手の中に光の球体を召喚した。

「《光球《ホーリー・スフィア》》……」

そして。

「動かないでくださいッ！」

クロスの発した叫び声に、男達は体をビクッと震わせて止まる。

瞬間、クロスの手の中に浮いていた《光球》が、〝消えた〟。

否、消えたのではなく、クロスの手から離れ、男達の間を駆け巡ったのだ。

「……は？」

「え？」

気付くと、《光球》はクロスの手の中に戻ってきており……。

そして、盗賊達の手にしていた武器が、次々に破壊されて地面に落下した。

どれも、断面が焼き切られたかのように熱と煙を上げている。

――高速で撃ち出された光の球体が、盗賊達の武器を片っ端から焼き切って壊したのだ。

「ば……化け物だぁ！」

「逃げろぉ！」

戦意を失った盗賊達は我先にと、一目散に逃げ出す。

後には、地面に転がった武器の残骸だけが残された。

「……よし」

クロスは逃走した盗賊達を追い掛けず、真っ先に、地面に伏した騎士達へと駆け寄った。

「あ、あなたは……」

「大丈夫です、喋らないでください」

クロスは、騎士の体を見る。

破壊された防具の隙間《すきま》を狙われたようで、矢が深々と刺さっている。

「む、無理だ……おそらく毒も塗ってある……今から医者に向かっても……」

「……」

「頼む……お、お嬢様だけは……無事、家に……」

しかし、クロスは末期の言葉を残そうとする騎士の患部に手を翳《かざ》す。

クロスの手の平より、目映《まばゆ》い光が放たれた。

「《治癒《ヒール》》」

温かい光に包まれて、騎士の傷が徐々に塞《ふさ》がっていく。

傷は再生し、それに伴って突き刺さっていた矢も抜け落ちる。

「こ、これは……」

「傷を治しました。毒も大丈夫です」

呆気《あっけ》に取られている騎士に微笑み、クロスは負傷した他の騎士達の治療に入る。

そして、全員の傷を完治させた。

「よしよし、もう大丈夫だよ」

加えて、馬車を引いていた馬達の傷も治した。

二頭の馬達は、感謝するようにクロスに頭を垂れている。

「き、傷も痛みも、一瞬で……」

「こんなレベルの治癒魔法を連続で……」

治癒を施された騎士達が、驚いた様子でクロスの姿を見詰めている。

「もう安心してください。盗賊は追い払いました」

クロスは馬車の奥、そこで震えていたお嬢様達に声を掛ける。

「怪我《けが》は無いですか？」

「は、はい……」

お嬢様は、おずおずと頷《うなず》いた。

クロスが「良かった」と微笑を向けると、お嬢様とお付きのメイドは、ほわっと頬を桜色に染める。

「し、失礼！　貴殿は一体!?　……あ、いや、まずは感謝の意を伝えるのが先か……」

そこで、騎士の一人──おそらくリーダーの男が、混乱しながらクロスに声を掛けてきた。

「大丈夫ですよ、慌てなくて」

「も、申し訳ない、何分動揺していて……一体、何が起こったのか……」

「盗賊達は、僕が《魔法》で追い払いました」

クロスは、ケロッとした顔で説明する。

「あ、あの、極厚の斧刃を両断した光の剣は……」

「初級《光魔法》の《光刃》ですね」

「盗賊達の武器をなぎ払った、光の弾丸は……」

「初級《光魔法》の《光球》ですね」

「わ、我々を一瞬で治療した奇跡のような力は……」

「あ、あれは上級《光魔法》の《治癒》です。あれだけは、それなりに珍しい《魔法》ですね」

「………」

『ふふふ、理解できないのも無理はありませんね』

そこで、その場にふよふよと、エレオノールが飛んできた。

そして、開いた口が塞がらない様子の騎士達を見回し、「やれやれ」と嘆息を漏らす。

後方正妻面ムーブである。

しかし、それも仕方のないこと。

それだけ、クロスの言動は彼らにとって納得のできないものばかりだったからだ。

彼ら騎士達も、《魔法》にそこまで精通しているわけではないが、《光刃》や《光球》というものが《光魔法》の中でも初級魔法に分類されるものだということは知っている。

しかし、《光刃》には金属の刃と渡り合えるほどの強度は無いはずだし、《光球》も暗闇を照らすランタンの役割を果たす程度の魔法のはずだ。

少なくとも、鋼鉄の刃をバターのように切断したり、高速で空中を走り回らせるなんて芸当はありえない。

しかし、実際に目の前でそれは起こった。

何故か……。

何を隠そう、その理由は――。

『クロスの体には、アホほど強大な魔力と長年の修練で培った経験値が備わっているのです！　故に、アホほど規格外の《魔法》が使用できるのです！』

「女神様、もう少し言葉を選びましょう……」

「？」

熱っぽく解説するエレオノールを、窘めるクロス。

しかし、エレオノールの姿が視認できない騎士達は、頭の上に「？」を浮かべている。

「何はともあれ、皆さんご無事で何よりでした。僕はこれで――」

クロスはそう言って、戦闘前に地面に置いていた荷物鞄を持ち上げる。

その時だった。

「あ、あの！」

馬車から降り立ったお嬢様が、クロスへと駆け寄る。

「命を助けていただいたご恩、ぜ、是非お返しさせてください！」

お嬢様は、顔を赤く火照らせながら、懸命に言葉を発する。

「わたくしは、王国内各地で商業を営む大商家アルバート家の娘、ナナリアという者です！　どうか、このまま屋敷までご一緒に来ていただけませんか⁉　可能な限りのもてなしをさせていただきます！　お父様にも、是非ご紹介を！」

『おおっとぉ⁉　これは大チャンスですよ、クロス！　大富豪のご令嬢を助けて気に入られるなんて、完全に成功へのフラグです！』

クロスの後ろで、エレオノールが興奮気味に騒ぎ出す。

『クロス！　フラグを立てるのです！　大金持ちのお嬢様とフラグを立てるのです！』

「エレオノール様、少し落ち着いて、どこで覚えてきたんですかそんな言葉……ああ、えーとですね、お言葉は嬉しいのですが――」

「我々からもお願い申し上げます！」

そこで更に、騎士達もクロスへと頭を下げる。

「我々は、王国騎士団からアルバート氏の依頼により派遣された者達です！　貴殿の活躍、是非とも騎士団の上層部へも報告させていただきたい！　それほどの実力、きっと名のある魔道士の方なのでしょう！」

『よっしゃあ！　これはもう完全に成功ルートに乗りましたよ、クロス！』

後ろでエレオノールがガッツポーズをしている。

この女神様、俗っぽ過ぎる。

「ええと……」

しかし、そんな彼らを前に、クロスは——。

「す、すいません！　お気持ちだけで大変ありがたいです！」

クロスはそこで、足下に《光魔法》——《光膜《シールド・レイ》》を発動する。

光でできた板——その上に足を乗せると、まるで弾《はじ》かれるように空高く跳躍した。

「僕が勝手にしただけのことですので！　では！」

「あ、神父様！　お待ちを！」

足下で呼び止めるお嬢様や騎士達から逃げるように、クロスはその場から飛び去っていった。

＋＋＋＋＋＋＋＋＋＋＋＋＋＋

『クロス！　何故逃げ出したりしたのですか⁉』

しばらく《光膜》を足場に跳躍を続け、地上へと降り立ったクロス。

追い付いたエレオノールが、慌てた様子で声を掛ける。

『せっかくの大チャンスだったのに！』

「ごめんなさい、大事になる前に逃げてきてしまいました」

クロスは髪を掻《か》き、申し訳なさそうに笑う。

「大チャンスなのかどうかはわかりませんが……やりたいことが見付かったので、今はそちらを優先したいと思い」

『やりたいこと？』

「ええ、決めました。僕がこれから、何をするのかを」

『そうですか……遂《つい》に、決心したのですね』

クロスの真剣な表情を見て、エレオノールは察したように瞑目《めいもく》する。

『その絶大な力を誇示し、〝新世界の神〟になることを！　ならば、あのくらいのフラグではまだまだ満足している場合ではありませんね！』

「いいえ、違います」

妙な方向に盛り上がっているエレオノールを無視し、クロスは言う。

「僕はやっぱり、自分にできる力で人助けをしていきたいと思います」

自由に、自分のやりたいように、目の前で困っている人がいたら助ける。

けれど、大きく目立つようなことになれば、神聖教会を追放された時のように――どんな悪い結果に繋《つな》がるかわからない。

なので、小規模なところから、人の役に立っていく。

『なるほど……いいと思いますよ』

そんなクロスの願いに、エレオノールは優しく微笑む。

『抽象的で漠然とした夢ですが、クロスらしいと思います』

「はい」

『まぁ、具体的な職業を志望したところで、教会に仕えて聖職一筋でやってきたクロスに、今から簡単に他の職が務まるとは思えませんしね』

「うぐ……」

グサッと、その現実的な言葉が突き刺さる。

しかし、エレオノールの言うとおりだ。

クロスは今まで神聖教会でしか働いたことがないので、世の中のことがよくわかっていない。

世間知らずだと自覚している。

「何はともあれ、今はひとまず手に職を持たないと……」

『ならば、やはり冒険者になるのはどうでしょう。冒険者ギルドなら基本的には誰でもウェルカムですし、すぐに仕事もさせてもらえますし』

「なるほど……そうですね」

とりあえず、方針は決まった。

一番近くの大きな都へと行き、冒険者ギルドを訪れ、冒険者になろう。

そして、自分の力を必要としてくれる人のために、頑張ろう。

「じゃあ、都へ向かいましょう。女神様」

『徒歩でですか？　さっき《光膜》を使ったみたいに、パーッと一っ飛びで行ってしまえばいいのに』

「『健全な魂は健全な肉体に宿る』――ですよ、女神様」

『なんですか、その言葉。便利なものがあるなら便利なものを使うべきです』

「あなたの宗教の教えですよ、女神様」

かくして、クロスと女神エレオノールは、目標に向かって歩き出したのだった。

第１章　クロス、冒険者になる

「ここが、冒険者ギルドですね」

近場の都へと到着したクロスとエレオノールは、早速冒険者ギルドを訪れた。

立派な木造の建物で、『冒険者ギルド』とこの国の言葉で書かれた厳かな看板が掛かっている。

開けっ放しの入り口をくぐり、クロスは中に入る。

広々としたエントランス。

ギルド内のあちこちには、色んな冒険者達の姿が見当たる。

テーブルに座って会議をしている者達。

昼間から酒をあおっている者達。

壁に張り出された依頼の手配書を眺めている者達。

一緒に行動している者同士は、やはりみんなパーティーなのだろうか？

身に纏っている服装や装備、格好も様々。

性別や年齢もバラバラで、冒険者が本当に自由な職種なのだということがわかる。

『クロス、感動している場合じゃないですよ』

「ええ、わかってます」

自分も今から、そんな冒険者の端くれになるのだ。

気持ちを入れ替え、クロスは早速、受付カウンターの一つに向かう。

「いらっしゃいませ。本日はどのようなご用件で？」

カウンターの向こう――そこに立つ受付嬢が、恭しく頭を下げて出迎えてくれた。

ボブカットの金髪に、ギルド職員の制服を纏った女性だった。

「すいません、冒険者になりたいのですが」

「ご登録ですね、かしこまりました。では、こちらの登録用紙にご記入をお願いします。まずは、太い黒枠内の個人情報のみで結構です」

カウンターに登録用紙が置かれる。

クロスは備え付けのペンを持ち、名前等の個人情報を書く欄に記入していく。

「では、ここからは質問形式で必要情報を取得させていただきます」

登録用紙を受け取った受付嬢は、淡々とした口調で言う。

これは、もう既に採用面接が始まっている……？

クロスは緊張し、身を引き締める。

「まず現在、冒険者以外にもご職業はお持ちですか？」

「あ、いえ、今は無職です」

受付嬢は、「かしこまりました」と言って用紙に記入していく。

冒険者稼業は、本職の傍ら、副業的に行っている者も多い。

それこそ、貴族や商人なんかでも冒険者をやっている人がいると聞いたことがある。

「では続いて――あなたの冒険者としての〝スタイル〟を教えていただいてよろしいですか？」

「スタイル……ですか？」

「ああ、申し訳ありません、そこまで深く考えなくても結構です。自分で、『何ができるか』『こんな能力を持っている』など言っていただければ、こちらで相応しいスタイルを適用させていただきます。言わば、自己アピールですね」

受付嬢の言葉に、クロスは顎《あご》に指を添えながら呟《つぶや》く。

「そうですね……神聖教会に所属していた神父なので、皆さんをサポートするような《光魔法》が使えます」

「へぇ、神聖教会の神父様だったのですか、凄《すご》いですね」

受付嬢は、そこで初めて驚きの感情を見せた。

「でも、どうしてそのような方が神聖教会をお辞めになって、冒険者に？」

「いえ、ちょっと教会を追放《クビ》になってしまいまして……」

「え……」

クロスが苦笑しながら言うと、受付嬢は半眼になった。

少し、怪しんでいるような表情だ。

しまった、とクロスは思う。

神父をクビになったなんて、人格や素行に問題があったのではと思われても仕方がない。

もう少し、よく考えて発言するべきだった。

「……まぁ、大丈夫です。冒険者になるのに、過去は関係ありませんので」

硬直した空気を取り繕うように、受付嬢はニコリと笑った。

「冒険者は、それこそ王族だって貧民だって、誰にでもなれる職業ですので」

「はい、ありがたいです」

職を失ったばかりの自分でも、食い扶持《ぶち》がもらえるのだ。

そこは素直に感謝したい。

何はともあれ、その後も幾つかの質疑応答とやり取り、登録費の支払い等を経て——。

「どうぞ。こちらが、あなたの冒険者ライセンスになります」

遂に、クロスに冒険者のライセンスが発行された。

一枚のカードが渡される。

「こちらは特殊な機能を持ったカードで、一種の《魔道具》のようなものになります」

「《魔道具》……」

「この冒険者ライセンスには、あなたの名前と現在の冒険者ランクが記載されております」

カードにはクロスの顔の画像が複写されており、その横に名前。

名前の隣には『G』というアルファベットが表示されている。

「それと、現在の職業欄には《神聖職》と書かせていただきました。こちらは、あくまでも自称になりますので、変更したい場合はいつでもこちらに来ていただければ受付可能です」

では、登録は以上です——と、受付嬢は言う。

「任務は、本日から請け負うこともできますので、よろしければあちらの掲示板で依頼を選別してください。クロス様は、現在入ったばかりのGランクですので、それ以上のランクを要する任務は請け負えませんのでご注意ください」

「はい、わかりました」

説明を終えると、受付嬢は頭を下げ「それでは、良い冒険を」と送り出してくれた。

事務的な台詞《せりふ》ではあるが、クロスにとっては胸が弾む、勇気付けられる言葉だった。

「はい！　頑張ります！」

そう元気に返すと、受付嬢はビックリしたような表情になり、その後「くすっ」と笑った。

クロスは、早速掲示板へと向かう。

『どうですか？　クロス。手頃な任務は見付かりそうですか？』

「うーん……」

しかし、ランクの指定があったり、複数人——パーティーでの参加が必要だったりと、ちょうどいいものが見付からない。

挑戦できるクエストが見当たらず、唸《うな》っていると——。

「あ、あの…」

そこで、背後から声を掛けられ、クロスは振り返る。

視線を落とすと、女の子が立っていた。

ブロンズの髪を左右で結わえ、胴体には軽装の防具を纏っている。

腰にホルスターを装着しており、左右に拳銃——銀色の《魔法拳銃》が一丁ずつ収まっている。

クロスよりも頭一つ以上背の低いその女の子は、対照的にボリュームのある胸の前で拳を握って、クロスをジッと見上げていた。

「ええと、僕ですか？」

「す、すいません、今、ライセンスがチラッと見えたのですが」

クロスの手に持っていたライセンスを見て、女の子は声を掛けてきたようだ。

「《神聖職》の方なんですか？」

「あ、はい」

女の子は、緊張した面持ちで質問してくる。

「も、もしかして、回復魔法とか補助魔法とか、使えたりしますか？」

「まぁ、一応。《光魔法》はそこそこ使えるつもりです。初級クラスのものばかりですが」

クロスが言った瞬間、女の子は目を輝かせ、クロスの手を取ってきた。

「お、お願いします！　私達のパーティーに入ってください！　任務に挑むために、後方支援のできる方を探していたんです！」

「え、ぼ、僕が、ですか？」

つい先程、冒険者になったばかりなのに、いきなりパーティーに勧誘されクロスも困惑する。

しかし、目前の女の子はペコペコと頭を下げて、クロスに懇願してくる。

「お願いします！　他に、私達のパーティーに参加してくださる方が見付からなくて！　あ、ご安心ください！　任務中は何があっても、私達があなたを守ります！　報酬の分け前も、少しばかりですが色を付けさせていただきますので！」

平身低頭である。

その必死な姿を前に、クロスも断れる気がしない。

「ええと……わ、わかりました、僕なんかで良ければ……」

「ほ、本当ですか！　ありがとうございます！」

ぱぁっと顔を輝かせ、女の子はクロスの手を引っ張る。

「で、でで、では、早速！　私達のパーティーを紹介します！」

＋＋＋＋＋＋＋＋＋＋＋＋＋＋

「ミュンさん！　ジェシカさん！　この方が、私達の仲間になってくださるそうです！」

必死な彼女に引っ張られ、連れてこられた先に、二人の女の子がいた。

おそらく、年齢的にはこの女の子と同い年か少し上くらいだ。

一方は、腰に剣を携えた比較的背の高い女の子。

黒い髪を、肩の上あたりで綺麗に切り揃えており、鋭い眼光をしている。

もう一人の女の子は、体にフィットした動きやすそうな服を身に纏っている。

手足は長く引き締まっており、鍛錬の痕《あと》が窺《うかが》える。

髪は短く、両目は糸のように細い。

口元に薄《うっす》ら笑みを浮かべ、どこか飄々《ひょうひょう》とした雰囲気を漂わせている。

「うるさいぞ、マーレット。静かにしろ」

剣を携えた女の子が、鋭い声で言う。

「なんや、その人、本当にウチらのパーティーに入ってくれるん？」

糸目の女の子は、クロスを眺めながら独特のイントネーションで喋る。

「はい！　探していた、補助・回復の技能を持った方です！」

クロスを引っ張ってきた女の子は振り返り、他の二人と一緒に対面の位置に立った。

「改めて、自己紹介をさせていただきます！　こちらが、《剣士》のジェシカさん。こちらが、《格闘家》のミュンさん。そして、私は《銃士》のマーレット。一応、このパーティーではリーダーを務めさせていただいております！」

クロスを勧誘した女の子――マーレットは説明する。

彼女達はFランクの冒険者で、モンスター討伐の任務に挑戦したいと思っていた。

だが、全員が戦闘タイプの役職。

危険なモンスター討伐任務に挑むなら、補助・回復役は必須。

しかし、いくら勧誘しても彼女達に協力してくれる冒険者がいなかったらしい。

そこで、冒険者になったばかりではあるが《神聖職》のクロスを発見し、必死に頼み込んできたというわけだ。

「本当にいいんですか？　僕は、完全に新人ですよ？　皆さんより年上かもしれませんが……」

「安心してください！　クロスさんは私達が絶対に守ります！　傷一つ負わせません！」

マーレットは、どこか過剰なほど必死に、クロスを加入させようとする。

とは言え、新人の自分が、冒険者になって早々パーティーに入れてもらえるなんてありがたい。

メンバーはみんな年下っぽいので、その点は少し恥ずかしいかもしれないが。

「では、よろしくお願いします。あ、僕の自己紹介がまだでしたね。クロスといいます」

クロスは、三人に名前を名乗る。

「見たところ、神父のようだな」

そこで、クロスの格好を見た《剣士》のジェシカが、依然冷たい声で言う。

「はい、実は神聖教会に所属していたんですが……」

「神聖教会？」

その言葉に、ジェシカは鼻白む。

「胡散臭《うさんくさ》い奴《やつ》だ。信用できんな」

そんな彼女の態度に「ジェシカさん！」と、マーレットが慌てて注意する。

「あ、ご安心ください……で、いいのかな？　神聖教会は、既にクビになったので」

「クビ？　一体、何をやらかしたら神父なんてクビになるんだ。やはり信用できないぞ、こいつ」

ジェシカが眉間《みけん》に皺《しわ》を寄せ、クロスを一層強く睨む。

「他の男ども同様、内心では我々を舐《な》めてかかっているんじゃないのか」

敵意を全開にするジェシカに、マーレットは焦り出す。

どうやら、彼女――《剣士》ジェシカは、クロスの加入に反対気味のようだ。

「まぁまぁ、そうケンケンせんでもええやん」

そこで、《格闘家》の女の子――ミュンが、飄然《ひょうぜん》とした声音で間に入る。

「クビになったとは言え、神聖教会にいたなら《神聖職》として実力は十分ってことやん。それに、やっとまともにクエストに挑めるんやから、大目に見ようや」

「ふんっ……」

ツンとした態度で、ジェシカはクロスから視線を外す。

『なんでしょうか、この娘。ツンデレ剣士なんでしょうか』

背後に浮かんでいるエレオノールも、そんなジェシカの態度に訝《いぶか》り気味だ。

クロスは、とりあえず微笑んでおく。

「な、何はともあれ！　早速、任務に挑みましょう！」

「ちなみに、挑戦する予定のモンスター退治の任務の内容は？」

クロスが問い掛けると、マーレットが説明する。

「内容は――近くの村に出現した大型蜘蛛《くも》のモンスター、《ガルガンチュア》の生け捕りです」

++++++++++++++

冒険者ライセンス取得直後、三人の女の子達によって構成されたパーティーに勧誘されたクロスは、彼女らとともに早速任務へと挑むことになった。

《銃士》マーレット。

《剣士》ジェシカ。

《格闘家》ミュン。

内容は、モンスターの生け捕り任務。

都から出て、少し先にある農村の外れに、モンスターが出現したらしい。

村人から、モンスターの討伐をして欲しいと依頼が入ったのだ。

村の家畜を襲う凶暴なモンスターなのだという。

「それでも、相手は一体だけ。私達でも十分達成できるはずです！」

農村で村人と話を交えた後、一行は対象のモンスターが潜んでいるという現場へと向かう。

その最中、パーティーのリーダーで《銃士》のマーレットが、クロスに意気込みを語る。

「その上、クロスさんのような補助を担う方がいてくれるんですから、何も心配ありません！」

マーレットは興奮気味だ。

「今まで、支援系の冒険者の方を勧誘しても、誰にも仲間に入ってもらえなかったので本当に助かります！　嬉しいです！」

「どうして、今まで仲間が見付からなかったんですか？」

クロスが問い掛ける。

「募集や声掛けはしてたんやけどねぇ」

先を行くミュンが、頭の後ろで手を重ね、空を仰ぎながら答える。

「まぁ当然、誰にも彼にも相手にされへんのや」

「何故です？」

「若い女だけのパーティーだ。どいつもこいつも舐めて見てくる」

《剣士》のジェシカが、クロスに鋭い視線を向けながら言う。

「お前だって、内心では私達のことを見下しているだろう」

「ジェシカさん！　す、すいません、ジェシカさん、男性の方が苦手というか……」

ペコペコと頭を下げるマーレットに、クロスは「いえいえ」と苦笑を返す。

「クロスさん、本当にありがとうございます。こうして、私達の仲間になってくれて」

そこで、マーレットは今一度そう呟いた。

何度も、本当にクロスが加入してくれたことが嬉しいようだ。

「でも、本当に僕で良かったんですか？　入ったばかりで、冒険者のことなんて右も左もわからない新人ですし、足を引っ張るかも……」

「安心してください！　クロスさんは、何があっても私が守ります！」

ふんす！　と、マーレットは宣言する。

気合抜群である……のだが、そんな彼女の様子に、クロスは若干心配になる。

『大丈夫ですか？　この子』

どうやら、女神様も同意見のようだ。

『リーダーとしての気合は十分ですが、ちょっとガチガチというか、気負い過ぎというか……』

「……………」

クロスは考える。

話を聞くに、どうやら彼女達はまだ若い女性だけのパーティーということもあって、男の冒険者達にまともに相手にしてもらえずにきたようだ。

だから、クロスが仲間入りしたことに、マーレットは過剰なほど喜び、ジェシカは疑心暗鬼で敵意を見せているのだろう。

「どういった理由であれ、せっかく僕を加入させてくれたんです」

彼女達の足を引っ張らないよう、少しでも役に立ちたい。

クロスは、素直にそう思った。

そうこう話している内に、一行は現場に到着する。

「いたぞ」

「うわ、思ったよりデカいんやな」

平原の真ん中に、巨大蜘蛛のモンスター、ガルガンチュアがいた。

近くの村でも家畜の被害が出ており、冒険者ギルドに討伐の依頼が入った怪物。

ガルガンチュアがこんな場所に出没するのは初のことのようで、珍事なのだという。

しかも、通常なら犬くらいの大きさといわれているが、この度出現したガルガンチュアは牛ほどの大きさがあると村人から報告があったそうだ。

そのため、冒険者ギルドは調査用に、それを生け捕りにして欲しいと言っている。

牛ほどの大きさがあり、八本の足を稼働させ動く巨大な紫色の蜘蛛。

体表からは、獣毛が生えている。

潜んでいる……と聞いていたが、こんな日の当たる平原の真ん中に姿を現しているのは、どうやら食事中だからだろう。

おそらく、野犬か……捕獲した獲物を食らっている。

その光景は、かなり不気味だ。

「よし、話し合ったとおり陣形をとりましょう」

マーレットが指揮を執る。

前衛に《剣士》ジェシカと《格闘家》ミュンが出て、ガルガンチュアと応戦する。

マーレットとクロスは後衛に回り、マーレットがクロスを守る形となる。

クロスは回復魔法、補助魔法で随時後方支援を行う。

「大丈夫です。クロスさんは、何があっても私が守りますから」

再び、マーレットはクロスにその言葉を投げ掛ける。

やはり過保護が過ぎる気もするが、クロスも冒険者としてはまだまだ初心者だ。

ここは大人しく、言われたとおりにする。

「行くぞ、ミュン」

「はいよー」

かくして、戦闘が始まった。

野犬を捕食中で油断していたガルガンチュアに、ジェシカとミュンが攻撃を仕掛ける。

「ギォオオオオ！」

突如襲い掛かってきた冒険者達に、ガルガンチュアは動揺しながらも金切り声で威嚇をする。

オレンジ色の八つの目をギョロつかせ、前足を振るってくる。

ガルガンチュアの足の先端は、ツルハシのように鋭利だ。

しかし、その攻撃を躱《かわ》しながら、ジェシカは大振りな剣戟《けんげき》を打ち込み、ミュンは軽やかなステップで蹴りを打ち込む。

ヒットアンドアウェイで、徐々にダメージを蓄積させていく。

「グォオオオ！」

混迷し、無茶苦茶に足を振るって暴れ出したガルガンチュア。

その頭部に、炎熱の塊が炸裂する。

「グギィィィィィ……」

「よし……」

マーレットの構えた、《魔法拳銃》の銃撃だ。

《魔道具》――《魔法拳銃》は、火炎魔法に近い性質の弾丸を発射できる。

ガルガンチュアに対しては、頭部の表面を焼け焦げさせる程度のダメージだが、応援としては十分だ。

「クロスさん、安心してください。かなり順調です」

マーレットは、前を見据えたまま微笑む。

彼女の言うとおり、戦況は優勢だ。

このパーティーのメンバー達は、ランクこそFだが実力は確実にある。

クロスは黙って、状況を見守る。

その時だった。

「キシャアッ」

金切り声が、間近から聞こえた。

クロスが視線を向けると、近くの木の影から一匹のガルガンチュアが飛び出してきた。

八本足を疾駆させ、真っ直《す》ぐこちらに走ってくる。

「ガルガンチュア!? もう一体!?」

マーレットが驚きの声を上げる。

瞬く間、もう一体のガルガンチュアはクロス達に接近し、前足を上げて襲い掛かってくる。

『来ましたよ、クロス! うぎゃあ、キモイ!』

襲いくるガルガンチュアを見て、エレオノールが女神にあるまじき声を発して騒ぎ出す。

「大丈夫です、女神様」

一方、クロスは冷静に、即座に応戦の態勢に入る。

――が、その時。

「クロスさん！　危ない！」

クロスの前に、慌ててマーレットが飛び出した。

周りが見えていないのか、焦燥感を露《あら》わに、両手に握った《魔法拳銃》を構える。

引き金が引かれ、発射された炎熱弾が目前のガルガンチュアに至近距離で炸裂。

爆発音を立てて、土煙が上がった。

＋＋＋＋＋＋＋＋＋＋＋＋＋

「うっ……ごほっ、ごほっ……クロスさん！　大丈夫ですか!?」

もうもうと立ちこめる砂埃《すなぼこり》の中、マーレットが咳《せ》き込みながら問い掛ける。

しかし、左右を見回しても茶色一色。

二匹目のガルガンチュアが、目と鼻の先に潜んでいる可能性もある。

マーレットは警戒をしながら、土煙の中、クロスの姿を探そうとする。

「クロスさん！　待っててください、今――」

その時だった。

マーレットの足下の地面が、ボコッと盛り上がった。

「え——」

気付いた時には、地面を突き破って巨大な紫色の足が飛び出し、オレンジ色の目をした巨大蜘蛛が、眼前に姿を現す。

（——ガルガンチュア——攻撃を受けた痕が無い——三匹目——）

思考を巡らせるマーレットに、前足が振り下ろされる。

——その一閃《いっせん》は、彼女の腹部に突き刺さった。

「あ——」

体を貫通する衝撃。

マーレットの体が地面の上に背中から落ち、バウンドする。

天を仰ぐように横たわって、呼吸ができないことに気付く。

お腹《なか》が、燃えるように熱い。

血が流れ出していくのを感じる。

（……私……食べられちゃうのかな……）

自分を見下ろすガルガンチュアを見ながら、そんな暢気《のんき》なことを考えてしまうのは、きっと思考がまともに働かなくなってしまっている証拠だろう。

「……ごめんなさい……ジェシカさん、ミュンさん……」

冒険者ギルドで出会い、同じような苦難を乗り越えてきた彼女達と心を通わせ、共に頑張ろうとパーティーを組み、自分はリーダーの立場を買って出た。

ジェシカは気高く、ミュンは明るく、二人はマーレットにとって憧《あこが》れの対象だった。

そんな彼女達に恥じない存在になりたい――だから、リーダーという重責をあえて担った。

モンスター討伐の任務に挑むために、このチームに欠けているのは補助と回復。

必死に仲間を募った。

しかし、新人の上、若い女だけで構成されている自分達のパーティーは、男性の冒険者達に見下されているようだった。

『俺に仲間に入ってくれ？　笑わせるな。お前達のパーティーなんかに入るわけないだろ』

『女だけ、しかも全員Ｆランクで大した実績も無い。もう少し実力を付けてから出直してきな』

『もし有名になったら、こっちから入れてくれって頭下げに来てやるよ』

『入ってやってもいいぜ？　サービスしてくれんならな』

誰にも相手にされなかった。

時々加入したいという人もいたが、報酬の取り分を吹っ掛けられたり、それ以外の見返りを求められたりもした。

懸命に勧誘しても、仲間が見付からなかった。

そうして、リーダーとして不甲斐《ふがい》なさを覚えていた時に、クロスに出会った。

年上だが、今日冒険者になったばかりの新人……何より、こんな自分に付いてきてくれたのだ。

「……絶対に、守るんだ……」

しかし、ガルガンチュアの一撃で深い傷を負ったためか、指先も震えるばかりで動かせない。

そんなマーレットに、三匹目のガルガンチュアは容赦《ようしゃ》無く前足を振り下ろす。

「……ごめんなさい、みんな……」

役立たず、不甲斐ない……リーダー失格だ――。

マーレットは涙の浮かんだ双眸《そうぼう》を閉じる。

――瞬間、一閃の光がガルガンチュアの頭を切り飛ばした。

++++++++++++

「一匹目」

土煙が晴れる。

頭部を切り離されたガルガンチュアが、地面に倒れ伏す。

その手に《光刃》を握ったクロスは、すぐさま横たわったマーレットを見る。

腹部に酷《ひど》い傷を負っている。

早く、治療をしなければ。

「マーレットさん、聞こえますか！」

クロスは、彼女の意識が途切れないように声を掛ける。

「ギィイイイイイイイイ！」

刹那《せつな》、晴れ掛けた土煙を突き破り、一体のガルガンチュア――マーレットの《魔法拳銃》を至近距離で食らい、足が一本と頭の半分が欠損している――が、クロスに飛び掛かってきた。

「二匹目」

――光の軌道が宙を駆ける。

――飛び掛かったガルガンチュアの体が幾つものパーツに分断され、地面に転がった。

『クロス！　もう一匹いますよ！』

「はい、手早く片付けましょう」

クロスは振り返る。

その視線の先――数十メートル先の、ジェシカとミュンと交戦中のガルガンチュアを見る。

ジェシカとミュンも、二匹目のガルガンチュアが現れ、マーレットの銃撃を食らったところまでは把握していたようだ。

その後は土煙の発生と、自分達の相手で手一杯だったようだが――。

「クロスさん？」

「あの男、何を……」

土煙が晴れ、現れた《光刃》を握るクロスの姿を見て、たじろぐ二人。

一方、クロスは即座に次の行動に移っていた。

《光刃》を解除し、代わりに手中に生み出したのは《光球》。

「征《ゆ》け」

放たれた《光球》は、高速で砲弾のように放たれ――そして、三匹目のガルガンチュアの胴体に炸裂した。

「ギォオオオオ」

ガルガンチュアの体がバウンドし、やがて停止する。

そこで、クロスは右手首を回転させ、《魔法》の操作を行う。

瞬間、三匹目のガルガンチュアの体内から、幾重もの光の刃が飛び出した。

「ギ、ゲ……」

内側から切り裂かれ、三匹目のガルガンチュアも倒れ伏した。

「な、なんや……」

一瞬の出来事だった。

その一連の光景を前に、ジェシカは呆然《ぼうぜん》とし、ミュンは驚きの声を上げた。

「何したんや、今の⁉」

「ガルガンチュアの体内に撃ち込んだ《光球》の《魔法》を内部で《光刃》に書き換えました！」

「なんて⁉」

混乱するミュンには申し訳ないが、それよりも今はマーレットだ。

クロスは、横たわったマーレットの腹部に手を翳し、《治癒》を発動する。

上級《光魔法》の《治癒》は、クロスでも集中力と多少の時間を要する——故に、万全の状態を確保するために、先に敵を全て倒す必要があったのだ。

「う……」

「治りました」

マーレットが、ゆっくり目を開ける。

そして、目の前のクロスの顔を見詰める。

「あ……」

「今まで、きっと凄く頑張ってきたんですね」

土煙の中、彼女を探している時——重傷を負ったマーレットの囁《ささや》くような声が聞こえた。

仲間達への、懺悔《ざんげ》の言葉だった。

「僕を守ろうとしてくれて、ありがとうございます。でも、これからは僕も頼ってください」

クロスの手が、マーレットの額を優しく撫《な》でる。

《治癒》を発動した直後で、手の平が温かいからだろうか。

まるで日だまりの中にいるように、マーレットはクロスの手の感触に、安堵《あんど》の表情を浮かべた。

「僕は、補助と回復を担う、あなたのパーティーの一員……あなたの、仲間なんですから」

「……仲間」

その言葉を聞き、マーレットの目から涙が零れ落ちた。

——さて。

マーレットの傷が塞がった後、改めて状況の確認に移る。

……が。

「生け捕り任務やったんやけど、全部倒してしまったなぁ」

「あ……」

ミュンの言葉を聞き、クロスは青ざめる。

そう、生け捕り任務のはずが、クロスが三匹とも瞬殺してしまったのだ。

ガルガンチュアの骸《むくろ》は、既にどす黒い煙となって消えてしまっている。

《核》まで破壊されたモンスターは、この世から消滅する。

「も、もしかして僕、やらかしちゃいましたか？」

クロスは、震えながら呟く。

冒険者の任務に関する知識は無いが……結構なやらかし案件なのかもしれない。

これは……再びクビだろうか？

「ご、ごめんなさい！」

クロスは深く頭を下げた。

「勝手なことをして、とんでもないミスを犯してしまいました！　多大なるご迷惑をお掛けして、本当に申し訳ありません！」

「いや、そこまで謝らんでも……なぁ？」

「……討伐という任務自体は、達成した」

ミュンとジェシカが、そう返す。

ひとまず、取り返しの付かないミスではなかったようだ。

クロスは安堵し、続いての言葉を発する。

「その……できれば、このまま皆さんのパーティーにいさせてもらえないでしょうか？」

「え？」

「今回のように、迷惑をお掛けすることが多々あるかもしれません。ですが……右も左もわからない自分に声を掛けて、仲間に入れてもらえて、本当に嬉しかったんです。だから……だからこそ、まだ新人の立場ですが、僕は、皆さんの役に立ちたいんです」

お願いします！　――と、クロスは懇願する。

そんなクロスの姿に、戸惑うジェシカとミュン。

すると――。

「当然です！」

マーレットが、涙で赤くなった目でクロスを見詰め、声を上げる。

「クロスさんは、私の大切な仲間です！　絶対にクビになんかしません！　ずっと一緒です！」

「マーレットさん……！」

クロスは顔を上げる。

なんて優しいんだ――と、そう思った。

『うーん、私としては、クロスをこの程度の冒険者パーティーに留《とど》めておくのは惜しいのですが……』

そんなやり取りを見ていたエレオノールが、ふよふよと浮遊しながらコメントを残す。

『しかし、まぁ、許しましょう。ハーレムパーティーという点がナイスですからね。ポイントが高いですよ、そこは』

「すいません、なんのポイントですか？」

『サービスシーン、期待してますからね』

「妙なことを期待しないでください、女神様」

「さっきから誰と喋っとるん？　クロスさん」

エレオノールと会話していたら、ミュンに不審がられてしまった。

「いいえ、なんでもないです」

「とりあえず、ギルドに報告しに行こか。生け捕りにはできなかったけど討伐はしたから、《核》になっとった《魔石》の破片でも回収して持っていけば、それなりに報酬はもらえるやろ……って
いうか……」

そこで、ミュンがクロスに近付く。

どこか、興味深げな笑みを口元に湛《たた》え。

「クロスさん、さっき何したん？　あのガルガンチュアを内側から《光刃》で切り刻んだ時」

「え？」

「ウチかて、そんなに《魔法》に詳しいわけやないけど、一度発動した《魔法》を別の《魔法》に書き換えるって、何？　どういうこと？　そもそも、そんなの本当に可能なん？」

「えーっと、修練していたらできるようになったというか……」

「やっぱり、クロスさんは只者《ただ》じゃないんですね！」

クロスの《魔法》の技量に、興味津々なミュン。

一方、マーレットは屈託の無い笑顔をクロスに向ける。

「クロスさん、ありがとうございます」

そして、囁くように言った。

「え？」

「私、ずっと気負って、張り詰め過ぎちゃってたんだと思います。でも……クロスさんに励まされて、元気をもらっちゃいました。まだまだ頑張ろうって、思えました」

ニコッと、マーレットは笑う。

「クロスさんに仲間になってもらえて、本当に良かったです」

「……ははっ、元・神父ですから。悩んでいる人を導くのは、慣れた仕事なんだと思います」

そう照れ隠しのように軽口を返し、クロスも微笑む。

「………」

一方、そんな彼らのやり取りを、ジェシカは鋭い目で見据えていた。

＋＋＋＋＋＋＋＋＋＋＋＋

「スゥー……ふぅー……」

都の外。

街道から少し離れ、荒れた平原に一軒の廃屋がある。

この大都へとやって来る最中に偶然発見したのだが、打ち捨てられ、現在は特に何にも使われていないらしい。

住処《すみか》も泊まる当ても無いクロスは、その廃屋を借りて一晩を過ごさせてもらった。

そして、朝。

太陽の光を浴びながら、クロスは地面に腰を下ろして、目を瞑《つむ》り、深呼吸を繰り返していた。

服を脱いで、上半身は肌を晒《さら》している。

風や温度を感じ、自然と一体になるためである。

クロスの行っているのは、いわゆる瞑想《めいそう》だ。

神聖教会時代にも行っていた、心身鍛錬の一環である。

『クロス〜、クロス〜』

「………」

『ふぅー』

エレオノールが、いたずらで耳元に息を吹きかけたりしてくるが、クロスは微動だにしない。

正に、悪魔の誘惑に耐える聖人の姿である。

『って、誰が悪魔ですか!?』

「どうしましたか？　女神様」

『いいえ、どこからか失礼な声が聞こえてきたような気がしたので……』

「あ、おったおった。おーい、クロスさーん」

そこで、瞑想中のクロスの元に一人の女の子が訪ねてきた。

昨日仲間入りをしたパーティーの一員──《格闘家》のミュンである。

女の子にしては短めの髪に、細い糸のような目。

動きやすそうな薄手の格闘服を纏い、相変わらず飄々とした感じで歩み寄ってくる。

「おはようございます、ミュンさん」

「迎えに来たで〜。というか、ほんまにこんなところで一夜過ごしたんやな」

都外れの廃屋を、ひとまずの寝床にするという旨はパーティーメンバー達にも伝えていた。

リーダーのマーレットが驚き、宿代を出すと言ってくれたが、流石《さすが》に申し訳ないので断った。

冒険者としての仕事でお世話になることがあっても、私生活まで世話になるのは流石に悪い。

「なんや、稽古中かいな？　神父様らしからんなぁ」

地面の上であぐらをかき瞑想を行っていたクロスを、ミュンが物珍しそうに見る。

加えて、露わとなっているクロスの上半身をも、ジッと見詰める。

「それに……体付きの方も、神父様らしからん。結構、鍛えてるんやな」

「ええ」

神聖教会時代、『健全な魂は健全な肉体に宿る』という教えに基づき、武芸者の方を招いて指導をしていただこう――と、クロスが発案したのだ。

体を鍛えることは何も悪いことではない。

体力は付くし、心身の調子も良くなる。

親交のあった同僚やシスター達は乗ってくれたが、しかし、教会の上の人間達には不評だった。

一介の神父の分際で、勝手なことをして……という感じだったと思う。

「……なぁ、クロスさん」

クロスの体を見ていたミュンが、そこでクロスに提案する。

「ちょっと、ウチと手合わせせぇへん？」

「手合わせですか？　別に、構いませんが」

上記の経験もあって、多少は武術の心得がある。

クロスはミュンと向かい合い、互いに構えを取った。

「シュッ」

ミュンが動く。

素直に、迅《はや》い――と思った。

流石《格闘家》を名乗るだけあって、その体捌《さば》きは効率的で隙が無い。

このままでは、まともに相手になれない――そう思ったクロスは、ギアを上げる。

「おっ、おっ？」

ミュンの拳を捌き、重心を崩すように体を密着させる。

（今だ……）

そして、隙が生まれたのを見計らい、クロスはミュンの右手首と左肩を掴《つか》む。

「あっ」

足払い――ミュンの体が、地面に倒れた。

仰《あお》向《む》けになったミュンの眼前に、クロスは拳を突き付ける。

「あかん、ウチの負けやぁ」

乱れた呼吸の狭間から笑い声を漏らし、ミュンが言う。

よっと――と、体を起こして地べたに座り込んだ。

「やっぱ強いやん、クロスさん。《魔法》だけじゃなくて、格闘もいけるクチなんやね。後方支援やなくて、前衛でバリバリ戦ってもええんちゃう？　ウチよりも活躍できるで」

「………」

しかし、そこで。

クロスは、黙ってミュンの隣に腰を下ろした。

「え？　……クロスさん？」

「ミュンさん、手を抜いてましたね」

クロスが言うと、ミュンが驚きの表情を浮かべた。

「あら、バレた？」

「昨日、ガルガンチュアと戦っていた時よりも、動きが鈍《にぶ》い印象だったので」

クロスが言うと、ミュンは苦笑する。

「流石、やっぱり只者やないね」

「どうして、遠慮を？　全然、本気を出してもらっていいですよ」

その場合、自分が勝てるかはわからないが……クロスは言う。

「んー……」

しかし、ミュンは少し渋い顔になると、ボソッと呟いた。

「でも、男の人相手に本気になっても仕方がないし」

「え？」

「本気出して得られるメリットより、それで反感買うデメリットの方が大きいやん？　ウチ、ほどほどで生きたいねん」

「……何か、事情がありそうですね」

「なはは、まるで懺悔室やん」

クロスは「聞かせてもらえますか？」と問う。

ミュンは、溜息《ためいき》交じりに語り始めた。

「ウチ、実家が道場でな。子供の頃から、周りには大人や男の人ばっかりやってん。みんなに交ざって、ウチも一緒に鍛錬させてもらってたんや」

「………」

「体使って闘うことにも興味あったし、みんなに『型がシッカリしてる』とか『きっと強くなれる』って褒められるのが、ホンマに嬉しくってな。真剣に、本気でやっててん」

でもな……と、ミュンは視線を落とす。

「成長するにつれて、技量が上がっていくにつれて、みんなと一緒にいると違和感を覚えるようになってな……あ、鬱陶《うっとう》しいと思われてるなって、そう気付いてん」

「………」

「強くなって、同じ道場に通う生徒を組み手で倒したり、組み伏せたりしてる内にな。男のみんなからしたら、女のウチが自分より強くなるのは受け入れられなかったんやろな」

ミュンは深く溜息を吐《つ》く。

「せやから、いつの日からか手抜きするようになった。みんなに、格闘技なんて単なる趣味やって、本気でやってるわけやないって、わざと負けたりして、アピールするみたいにな。ライフハックってやつやな。女のウチが上手《うま》く生きていくための」

でも、やはり段々、耐えられなくなっていったそうだ。

「その内、面倒くさくなってな、家出て、行く当て無かったから冒険者になった。モンスター相手に戦うのは手加減せんくてええから。でも、ここも男社会やったな。パーティーが全然組めなくて、任務にも出られなくて。だから、嬉しいで。クロスさんが入ってくれて。感謝してる」

そう言って、ミュンはニヘっと笑う。

「はい、懺悔終わり。お粗末様《そまつさま》でした」

「……ミュンさん」

話を聞き終わると、クロスは立ち上がった。

「もう一度やりましょう」

「へ？」

クロスは構えを取る。

ミュンも半信半疑で立ち上がりながら、とりあえず構えを取る。

瞬間、クロスはミュンに一瞬で肉薄し、拳を放った。

「ちょっ！」

先刻よりも更に、速く、鋭い。

クロスの攻撃に、ミュンも流石に必死になる。

「な、んや、これ！　手合わせの、レベル、ちゃうやん！」

本気で攻撃を仕掛けるクロス。

ミュンも堪《たま》らず、本気になる。

徐々に、徐々に、ミュンの体の動きが、更に鋭さを増していく。

まるで、錆《さび》が落ちていくように、輝きを増す。

そして――。

「お、らぁッ！」

ミュンの放った蹴撃が、クロスの胸に鞭《むち》のように叩き込まれた。

数歩たたらを踏み、クロスは膝《ひざ》をつく。

「やっぱり強いですね、ミュンさん」

「あ……」

胸に手を当て、《治癒》を行いながら立ち上がると、クロスは唖然《あぜん》としているミュンに言う。

「あなたは聡明《そうめい》で頭がいい。だから、自分を殺して周囲に合わせることを選べた。けど、我慢し過ぎないでください」

「……」

「僕なら、いつでも相手になりますよ。本気を出した方が、気持ちがいいでしょう」

そして、微笑み掛ける。

「その方が、あなたらしいと思います」

ドキッ、と。

その言葉に、その微笑みに、ミュンは心臓が高鳴る感覚を覚えた。

「……もう、なんやの」

ミュンは、慌てて乱れた髪を掻く。

「神父様のくせに、こんな本気で殴り合ったりして……」

そして、頬を桃色に染めながら、クロスに純粋な表情を浮かべた。

「おかしい人やな、自分」

「神父は、元・ですけどね」

二人は地面に腰を落とす。

全力でぶつかり合ったため、互いに息が乱れている。

体が落ち着くまで他愛《たわい》の無い話をし、笑い合い、いい感じに打ち解けた雰囲気になる。

「ほな、そろそろギルドに行こか」

やがて、息の整ったミュンが立ち上がる。

そう、何故ミュンがここを訪ねてきたのか——今日は、昨日のガルガンチュア討伐に関し、任務達成の報酬が出される日だからだ。

生け捕りは失敗したが、村人の依頼どおり討伐には成功した。

なので、それなりの報酬が支払われるはずである。

「ほら、リーダー、いつまで隠れてるん！　出発やで！」

「え、マーレットさんも来てたんですか？」

見ると、廃屋の陰にマーレットの頭がチラッと見えた。

「なんで隠れてるんですか？」

「んー、クロやんが上半身裸で近づけないって。恥ずかしがってんやな」

ミュンに言われ、マーレットが赤らんだ顔でこちらを覗《のぞ》き見ていることに気付く。

『いや、初心《うぶ》過ぎでしょ！』

クロスの頭上で、エレオノールがそう叫んだ。

++++++++++++++

というわけで、クロス達は都の中心部にある冒険者ギルドへとやって来る。

「遅いぞ」

先に来ていたパーティーメンバー――《剣士》のジェシカが、キッと睨む。

「堪忍やでぇ、ちょっとクロやんと遊んでてん」

「……お前達、何があった？」

クロスの肩に手を置き、仲良く接しているミュンを見て、ジェシカが訝る。

『なんですかこの娘は、心を許した瞬間一気に懐きましたね。猫みたいですね』

と、後ろでエレオノールが呆《あき》れ顔を浮かべている。

「ミュ、ミュンさん、いきなりあだ名で呼ぶなんて仲良し過ぎ……な、馴《な》れ馴れし過ぎますよ！」

そんなミュンに対し、マーレットが焦りながら注意をする。

「ごめんなさい、クロスさん。リーダーとして厳しく言っておきます！」

「は、はぁ……」

マーレットは、どこか変な気合いを込めてクロスに言う。

「……下らん、いつからうちは仲良しグループになったんだ」

そんな三人を前に、ジェシカは少し苛《いら》立《だ》ち気味である。

「お待たせ致しました」

そこで、クロス達が掛けていたテーブル席に、受付嬢がやって来た。

初日にクロスの登録手続きもしてくれた女性で、彼女がこのパーティーの担当受付嬢らしい。

「現場から回収していただいた《魔石》の欠片《かけら》は、確かにガルガンチュアの《核》の破片と鑑定《かんてい》が済みました。こちらは、モンスターの討伐達成に対する報酬です」

受付嬢は、銀貨や銅貨の載ったトレイをテーブルに置く。

「や、やった！　初任務達成ですよ！」

喜ぶマーレット。

周囲の冒険者達の間からも、ざわめきが聞こえてくる。

「しかし、凄いですね。あの狂暴なガルガンチュアを、しかも三体も」

受付嬢に褒められ、「えへへー」と、照れるマーレット。

「ハッ、どうせ運良く倒せただけだろ」

そこで、周囲の野次馬の中から、そんな声が漏れ聞こえてきた。

「たまたまだろ、たまたま。だって、全員Ｆランクだぜ？　ガルガンチュア三体なんて、少なくともＥランク以上の任務じゃねぇか」

「自分達の実力だって勘違いするなよ。調子に乗ってると、次は命を落とすぞ、お嬢ちゃん達」

「……チッ、鬱陶しい」

冷やかすような周囲の反応に、ジェシカが苛立ち、舌打ちする。

「な、こんな感じやねん」

一方、ミュンはクロスに諦念《ていねん》の表情を浮かべて呟く。

「………」

落ち込むマーレット、眉間に皺を寄せるジェシカ、どこか諦めたような顔のミュン。

クロスは、そんな三人を黙って見回す。

「た、助けてくれぇ！」

その時だった。

冒険者ギルドの入り口から、数人の男達が駆け込んできた。

見覚えがある姿――昨日、ガルガンチュアの討伐に向かった際、農村で話をした村人達だ。

「またガルガンチュアが出た！　今度は、村人が攫われたんだ！　すぐに助けに来てくれ！」

ざわめくギルド内。

ガルガンチュアの討伐と、攫われた村人の救出。

これは、相当難易度の高い任務ではないだろうか。

「おい、お前達が行ってやったらどうだ？」

そこで、冒険者の一人が煽《あお》ってくる。

「昨日の続きだよ。絶好調なんだろ？　助けに行ってやれよ」

その発言に、他の冒険者達も「そうだそうだ」と面白半分で追従する。

「お前達、いい加減に……ッ！」

ジェシカが剣の柄《つか》に手を掛け、憤る。

瞬間。

「僕も賛成です」

クロスが立ち上がり、口を開いた。

その場の全ての視線が、クロスに向けられる。

「行きましょう。もう一度、モンスター討伐……それに、攫われた方を助けに」

驚きと困惑、ざわめきの中心で、クロスは言い放った。

＋＋＋＋＋＋＋＋＋＋＋＋＋＋

ガルガンチュアの討伐。

そして、攫われた村人の救出。

以上の任務を請け負ったクロス達のパーティーは、現場へと向かっていた。

冒険者ギルドの受付嬢によると、この任務のランクはEクラス相当。

だが、前回の任務の達成で、一応クロスはFランク、マーレット達三人もEランクへの昇格がほぼ確実の運びとなっていたらしい。

加えて、この件に関しては既にクロス達のパーティーが関わっている。

なので、今回の任務受注は特例で許可が下りた――というわけだ。

「ここか……」

村人達からの証言を頼りに、辿《たど》り着いたのは森の奥の洞穴。

村人を糸で絡め取り、攫っていったガルガンチュアを追いかけたところ、この洞穴に逃げ込んでいく姿を見たのが最後だという。

「よし、では陣形を組みながら慎重に――」

「洞穴には、私一人で入る」

事前打ち合わせをしようとしたマーレットの言葉を遮り、ジェシカが言い放った。

「え……ジェシカさん？」

「この程度の任務、我々には容易《たやす》いことだと証明する」

ちらっと、そこでジェシカはクロスを見る。

「？」

「……私一人で任務を達成する。そうすれば、あの連中も偉そうな態度を取れなくなるはずだ」

先刻、自分達を煽ってきた冒険者達のことを言っているのだろう。

ジェシカはずんずんと洞穴の方に向かっていく。

「あ、ジェシカさん！」

「マジメ過ぎるんよなぁ、あの娘《こ》は」

去っていくジェシカへ、ミュンが嘆息交じりに呟いた。

「ジェシカさん、さっき、僕を見ていましたが……」

「きっと、前回の任務も、ほぼクロやんの活躍で達成したようなもんやって、わかってるんやろな。

でも、報酬はパーティーの成果として与えられた。せやから、あのアホどもに煽られたのに加えて、
自分に対する不甲斐なさもあって、ああなってるんやろ」

「………」

クロスは洞窟《どうくつ》へと入っていくジェシカの背中を見詰める。

「……行きましょう」

呟き、クロスはジェシカの後を追う。

マーレットとミュンも、黙ってクロスの後に続く。

松明《たいまつ》を持ったジェシカには、すぐに追い付いた。

「私一人でいいと言ったはずだ」

ジェシカは怪訝な表情で振り返る。

「この任務を、そもそも請け負うと勝手に言い出したのは僕です」

「合意は全員でした。調子に乗るな」

「すいません……でも、松明じゃあ心細いでしょう。支援役として、僕が足下を照らします」

クロスは《光球》を発動する。

暗闇が、目映い光で照らされた。

「ジェシカさんを、一人で行かせるわけにいきません！」

「というか、パーティーで受注したんやからパーティーで挑むのが道理やろ？」

マーレットとミュンも、そう言う。

二人を見回し、ジェシカは溜息を吐く。

「……勝手にしろ」

かくして、クロス達は四人で洞窟の中を進んでいく。

「警戒した方がいいかもしれませんね。ここが巣穴なのだとしたら、昨日よりも大量のガルガンチュアが出てくる可能性もありますし」

「それは無い」

クロスの想定を、ジェシカが切り捨てる。

「ガルガンチュアが大量発生しているなら、とっくの昔にもっと被害が出ている。いても数匹程度のはずだ」

「……………」

ジェシカの言い分はそのとおりだ。

しかし、クロスはどうしても気に掛かってしまう。

そこで――。

『クロス！　来ますよ！』

頭上で、エレオノールが声を上げた。

見ると、目前の闇の中から、ガルガンチュアが二体現れた。

八つの足を動かし、低い声を発して威嚇してくる。

「よく気付きましたね、女神様」

『私は蜘蛛が嫌いなので、蜘蛛の気配には人一倍敏感なのです！』

「慈愛の女神なのに嫌いな生き物がいるんですね」

「何を一人でぶつぶつ喋っている」

エレオノールに構っているクロスを訝るように一瞥《いちべつ》すると、ジェシカは真っ先に飛び出した。

腰の剣を抜き、二匹いるガルガンチュアの一方に単身で挑む。

「クロスさん、下がってください！」

一方、もう一体のガルガンチュアを前に、ミュンとマーレットが立ちはだかる。

「リーダーとして、クロスさんのお手は煩わせません！」

「この前は本領発揮する前やったけど、見といてや」

どうやら、二人はクロスに自身の活躍を見せたいようだ。

言うが早いか、ミュンが勢い良く飛び出し、ガルガンチュアに攻撃を仕掛ける。

蹴りが主体だ。

引き締まったしなやかな脚が、鋭い蹴りをガルガンチュアに叩き込んでいく。

速い。

前の戦いよりも、そして、数時間前にクロスと手合わせした時よりも、確実に速くなっている。

どうやら、彼女の中で何かが吹っ切れたのかもしれない。

枷《かせ》が外れたような動きだった。

「援護します！」

そして、そんなミュンの後方から、マーレットが《魔法拳銃》で的確な援護射撃を行っていく。

彼女も、昨日とは動きが別人だ。

クロスを気に掛け緊張し、頭が固くなって周りが見えていなかったあの時と違い、射撃の精密さもタイミングも的確だ。

「シッ！」

ミュンの蹴りを叩き込まれたガルガンチュアの頭部が、一回転する。

地面に倒れ、体の節々からドス黒い瘴気《しょうき》へと変換されていく。

「やった、倒した！」

「お疲れー」

ハイタッチするマーレットとミュン。

これが、彼女達の本来の実力のようだ。

一方――。

「……ふぅ」

ジェシカの方も、片付いたらしい。

胴体を切り落とされたガルガンチュアが、煙になって消滅していく。

腰の鞘《さや》に剣を戻すジェシカは、少し息を乱している。

「ジェシカさん……」

クロスは、そんなジェシカに声を掛けようとした。

その時だった。

「！」

気付く。

周囲の岩陰や天井、更に地面からは穴を掘って――大量のガルガンチュアが発生し、クロス達を取り囲んでいた。

『ヒィィイイ！　く、く、蜘蛛がいっぱいぃー！』

クロスの頭に腕を回し、エレオノールがしがみついてくる。

クロス以外には見えていないからいいとして、中々恥ずかしい姿を晒している女神様である。

「ば、馬鹿《ばか》な、これだけの量のガルガンチュアが、何故今まで人の目に触れることなく群生できていたんだ……」

ジェシカが、自身達を取り囲むガルガンチュアを見て、そう唖然として呟く。

確かに、彼女の言うとおりだ――と、クロスも思う。

そして、何故今頃になって人里に現れ、発見されたのか……。

しかし、相手はそんな疑問に思考を巡らせるのを、待ってはくれない。

我先にと、クロス達に飛び掛かってくる。

「くっ！」

皆が、それぞれ応戦の態勢を取る。

ミュンは体術で、マーレットは銃撃で、クロスも《光刃》と、召喚していた《光球》を駆使し戦闘に入る。

そして、ジェシカも、飛び付いてきたガルガンチュアに剣を振るう。

しかし、その時だった。

ジェシカの足下で、ビシッ――と、岩に亀裂が走る音。

「な――」

そして次の瞬間、彼女の足下が崩れ落ちた。

「ジェシカさん！」

クロスが気付き叫んだ時には、彼女の体は数体のガルガンチュア達と一緒に、沈下した穴の中へと消えていた。

＋＋＋＋＋＋＋＋＋＋＋＋＋＋

「く……」

落下の最中、壁から突き出た岩石を蹴りながら衝撃を殺し、なんとか無事に着地を果たした。

しかし、落下の衝撃で体に痺《しび》れが発生する。

「だいぶ、落ちたな……」

ジェシカは頭上を見上げる。

自分が落ちてきた穴は遙《はる》か上のようで、暗闇に紛《まぎ》れて見えない。

「――っっ」

その瞬間、ジェシカはおぞましい気配を察知し、すぐさま臨戦態勢を取って振り返る。

目前……暗闇の中に、広大な空間があるのがわかる。

そして、そこに何かがいることも。

蠢《うごめ》くような気配を感じ取る。

まさか、またガルガンチュアの群れか？

いや、それよりも、もっと禍々《まがまが》しい何かがいる、気がする。

「――」

やがて、目が慣れ、それの正体を直視した時。

ジェシカは、言葉を失った。

――そこにいたのは、見上げるほどの巨大なガルガンチュアだった。

思わず、夢か幻かと目を疑った。

小高い丘ほどもありそうな巨体のガルガンチュアが、オレンジ色の八つ目でこちらを見下ろし、鎮座している。

「まさか、嘘《うそ》だ……」

そこで、ジェシカはある可能性を口にした。

「これは、《マザー》なのか？」

マザー。

通常、モンスターは《魔石》を《核》とし、そこに瘴気が纏わり付き凝縮されて発生する、生物に似た性質を持つ自然災害のようなものだ。

マザーとは、そのモンスターが長年をかけて成長して誕生する、自らもモンスターを生み出し支配する力を持った、強大な存在。

しかし、ありえない。

モンスターがマザークラスになるには、数十年、場合によっては数百年の時がかかるといわれている。

そんな長きにわたり、モンスターが人の目にも触れず、駆除もされずに生き延びるなど、現在の世界ではありえない。

少なくとも、今では書物の中でしか語られない、過去に猛威を振るった伝染病等と同じ扱いの、言わば伝承の中の存在だ。

だが、マザーが実際に存在したとするなら、納得がいく。

先程見た、大量のガルガンチュアが発生した理由だ。

あのガルガンチュアの群れは、このマザーが生み出した。

子供のガルガンチュアはマザーに餌《えさ》を運び、その食い残しを食らう。

そのおこぼれにも恵まれなかった子供が、餌を求めて人里までやって来て、家畜や村人を襲ったのだ。

「はぁ……はぁ……」

見上げた先――八つの巨大な目が、自分を矮小《わいしょう》なもののように見下している。

剣を握った手が、震える。

相手は神話の中の存在。

自分一人で敵《かな》う相手ではない。

いや、パーティー全員でも無理だろう。

それでも――ジェシカは。

「マーレット！　ミュン！　ガルガンチュアの巨大な個体がいる！　私が時間を稼いでいる内に、攫われた村人を探し出してくれ！」

届くかどうかはわからないが、叫ぶ。

そして、目前の強大な敵に、飛び掛かった。

仲間達の逃げる時間、それと、攫われた村人を救出できる時間も確保できれば、と。

無謀だとわかっている。

それでも――。

しかし、戦力差は歴然だった。

いくら剣を振るおうとも、マザーの巨木ほどもある足先には、かすり傷を負わせるのが精一杯で

――。

まるで羽虫を払うように、マザーは足先をゆっくり動かす。

気付いた瞬間、ジェシカの胸を、その鋭利な足先が貫いていた。

「かは……」

胸筋をえぐられ、鮮血が吹き出す。

口の中に血が逆流する。

肺に穴が開いたとわかった。

致命傷を負い、ジェシカは仰向けに倒れる。

「母上……」

暗闇の中、ジェシカは体から熱が失われていくのを感じながら、うわごとのように呟く。

「私は、あなたに、少しでも、近付けただろうか……」

そんなジェシカに、マザーの爪先が、無慈悲に、無感動に、振り下ろされる――。

「ジェシカさん！」

――ジェシカの前に降り立ったクロスが、《光膜》でその一撃を弾き飛ばした。

＋＋＋＋＋＋＋＋＋＋＋＋＋＋

「ジェシカさん……」

《光膜》で足場を作り、沈下した穴の底に到達したクロス。

足下のジェシカは、胸部に巨大な穴を開けられている。
重傷だ。
「……………」
クロスは振り返り、ガルガンチュアのマザーを見る。
マザーは、自分の足先の一撃が容易く弾かれたことに、少なからず驚いているようだ。
『うわぁ……大き過ぎませんか、これ……』
「女神様」
ジェシカの傷は、一刻も早く《治癒》が必要だ。
そのためには、この目前のガルガンチュアを即刻片付ける必要がある。
しかし、この巨体……《光刃》や《光球》等の通常攻撃では、削るのに時間がかかってしまう。
そこで、クロスはエレオノールに言った。
「あれをやりましょう」
『あれ……おお！』
クロスがそう言うと、エレオノールはその顔を輝かせ、一気にテンションを上げる。
『遂に、あれをお披露目する日が来たのですね！』
クロスは構えを作り、自身の魔力を練り上げる。
今までに無く、全力で。
『では、行きますよ！　クロスと私の共同作業！』
そう叫ぶと同時、エレオノールの姿が光となって変形し——クロスの手の中に収まる。

――クロスの手中に、弓が握られていた。

白色と金で装飾の施された、神々しい気配を纏う巨大な弓。

「な……」

途絶え掛けの意識の中、その光景を見ていたジェシカが呟く。

「まさか……《極点魔法》、なのか」

「待っていてください、ジェシカさん。すぐに終わらせます」

クロスは弓を構える。

目前には、ガルガンチュアのマザー。

「《天弓《セブンス・クロス》》」

クロスの間近の空間に、七本の光の線――七本の矢が現れる。

クロスはその中から、赤く光る矢を選び、弓に番《つが》えた。

「《赤矢《ノート》》」

灼熱《しゃくねつ》を矢の形に圧縮したような、煌々《こうこう》と輝く矢だった。

『いいですか、クロス！　《核》は破壊してはいけませんよ！　これだけの大物の《核》は、相当な《魔石》になるはずです！　絶対にゲットするのです！』

弓からエレオノールの声が聞こえた。

「わかりました、火力は極力抑えます。洞窟を崩すわけにもいきませんので」

瞬間、クロスは矢を放つ。

炎熱の矢は、暗闇の中に赤い軌跡を残し、真っ直ぐ瞬く間にマザーの体に着弾し――。

――マザーの体が、津波のような炎熱に呑《の》み込まれた。

「ギ――」

悲鳴を上げる暇すら無く、その巨体が塵《ちり》と灰になって舞い上がる。　神話の中の存在――マザー。

強大にして脅威、人類にとって厄災と呼んで差し支えの無い、そんな災害級のモンスターは――

クロスの《魔法》により一瞬にして焼滅した。

「……………」

「お待たせしました」

その光景を前に唖然とするジェシカの側に膝をつき、クロスは《治癒》を施す。

しばらくの後、ジェシカの胸部の穴は、完全に塞がった。

『クロス！　《魔石》です！　この《魔石》を持ち帰りましょう！』

マザーの残骸の中から岩ほどもある《魔石》を発見し、エレオノールが騒いでいる。

マザーの《核》のようだ。

『それとついでに、攫われた村人が向こうにいましたよ！　食糧置き場みたいなところに糸でグルグル巻きにされて転がっていました！』

「ありがとうございます、女神様。村人の方の救出こそついでではありませんが」

クロスは、傷の塞がった胸元を、信じられないように触っているジェシカに微笑みかける。

「ひとまず、マーレットさんとミュンさんが上で待っています。村人の方と《魔石》を持って、戻りましょう」

「あ、ああ……いや、その」

そこで、クロスは気付く。

ジェシカは、先程のダメージもあって、上手く立てないようだ。

「面目無い……」

「大丈夫です。わかりました。では、まずジェシカさんを上に運んで、その後また降りて、僕が村人の方と《魔石》を運びます」

「え？　……きゃっ！」

言った瞬間、クロスはジェシカをお姫様抱っこする。

そして《光膜》を発動し、上へ上へと跳躍していく。

「………」

間近でクロスの顔を見上げ、ジェシカは唖然とした表情を浮かべる。

しかし、その頬は薄らと赤らんでいた。

++++++++++++

というわけで、クロス達一行がガルガンチュアの巣穴より無事帰還を果たした時には、既に夜となっていた。

救出した村人と、回収した巨大な《魔石》と共に近くの村へと向かう。

ガルガンチュアを完全に討伐し、攫われた村人も救い出したことで、村の皆からも深く感謝され、村一番の宿屋を無料で提供してくれることになった。

冒険者ギルドへの報告は、疲れたので明日にしようということになった。

マザーの《核》である巨大な《魔石》も回収したので、これで報告は問題無くできるはずだ。

「今日は、よく働いた一日だったな」

客室のベッドに腰掛け、窓の外をクロスは眺めていた。

そこで、ドアがノックされる。

「……夜分遅くに、その、申し訳ない」

訪ねてきたのは、ジェシカだった。

「どうしました？　ジェシカさん。まだ、どこか痛みが残ってますか？」

「いや、負傷は問題無い。完全に塞いでもらったからな」

それよりも――と、ジェシカは気になっていることがあるようで、クロスに問い掛けてくる。

「貴殿は、《極点魔法》を使えるのか？」

「ああ……はい、まぁ、一応」

マザーを一撃で屠《ほふ》った、あの《天弓》の《魔法》のことを言っているのだろう。

《極点魔法》とは、並外れた才能のある魔道士の中でも、更に限られた者のみにしか到達できない、究極の《魔法》と呼ばれる存在である。

多くの汎用魔法とは違い、その魔道士にしか扱えないオリジナルの性能を持つ《魔法》であり、その力は文字どおり他を圧倒する凄まじい効力を発揮する。

一説によると、《極点魔法》は『魔力を司《つかさど》る神級の存在に認められた者』……真に選ばれた者にのみ与えられる天稟《てんぴん》、といわれているらしい。

「一体、どのような修練の果てに体得を……」

「えーと……その、なんて説明したらいいんでしょう……ある日、女神様が『必殺技を作りましょう！』と言い出しまして……適当にやっていたら出来上がったというか……」

『クロスと私の共同作業です！』

あわあわしながら説明するクロスの後ろから、エレオノールが飛び出す。

「もう、女神様、少し静かに！」

「以前から気になっていたのだが……貴殿は、いつも一体誰と会話を……」

「あ、ええと、実は僕は神聖教会の崇拝する女神エレオノール様とお話ができまして……」

って、ダメだ！

女神様が見えない彼女にそんなことを言ったら、また変な奴だと思われてしまう！

やらかしてしまっただろうか……と心配になるクロス。

しかし、ジェシカは――。

「ふふっ……やはり、貴殿は只者ではないのだな」

そう、好意的な笑みを浮かべた。

「……ジェシカさん、僕からもいいですか？」

「なんだ？」

「ジェシカさんは、僕のことを……その、嫌っていると思うのですが」

クロスも、前から気になっていたことをジェシカに尋ねる。

「最初は、僕が男であることが原因だと思っていたのですが……もしかしたら、それ以外にも理由があるのではと思いまして」

「……少し、身の上話をしてもいいか？」

　クロスは、頷く。

「……私の家は、貴族だったのだ」

　ジェシカは、視線を落としながら語り始めた。

「貴族……じゃあ、ご令嬢だったんですか？」

「一応な。由緒ある騎士の家系の貴族だった。私の母親も立派な騎士で、そんな母に憧れていた。しかし、母が病に倒れてこの世を去ってから、全てが狂った。父親が神聖教会に傾倒し、のめり込み……やがて没落したのだ」

「……それは」

　クロスは頭を下げる。

「申し訳ありません」

「いや、悪いのは私の父だ。怪しい教えに踊らされ、騙《だま》されて、家財も地位も何もかもなげうってしまった。しかし、それでも割り切れず、貴殿に当たってしまっていたのかもしれない」

　ジェシカも頭を下げる。

「数々の無礼、許して欲しい。傷を治してもらったこと、命を救われたこと……何か、私に恩返しができるなら、させていただきたい」

「大丈夫ですよ。気にしないでください。僕はパーティーメンバーとしての責務を全うしただけです。ただ……そうですね、恩返しというわけじゃありませんが……」

そこで、クロスはおずおずと提案する。

「僕と、仲良くしてくれませんか？　仲良しグループは嫌いなのかもしれませんが、それでも、叶《かな》うなら」

「…………」

それを聞いて、ジェシカは一瞬、ポカンとする。

しかし直後、また「ふふっ」とおかしそうに笑う。

「仲良くするも何も、これから、クロス様には色々と世話になると思う」

「クロス……様？」

ジェシカは、ベッドの上で三つ指をつき、深々と頭を下げた。

「こちらこそ、よろしく頼みたい、クロス様」

「そ、そこまでしてもらわなくても……それに言葉遣いも、僕の方が新人なんですから、もう少し砕けた感じで……」

「貴殿は私の命を救ってくれた。私にとっては神の使いだ。これくらいの敬意は払わせて欲しい」

そう言って、ジェシカは譲らない。

まるで、信仰に近い気持ちを宿しているかのように、真剣な目でクロスを見詰める。

何はともあれ、仲良くなってくれた……と解釈して、いいのだろうか。

『やっほーい！　一番お堅いツンデレ剣士ルート開拓です！　流石、デレた時の反動が一番大きいのはこういうタイプの娘ですね！　これでハーレムパーティーに一歩前進ですよ、クロス！』

クロスの後ろで、エレオノールがガッツポーズをキメている。

女神様の声が自分以外に聞こえなくて本当に良かった――と、今日ほど思ったことはない。

『ふふふ……これで私の野望の成就にも着々と近付きつつありますね……』

「ん？　何かおっしゃいましたか？　女神様」

『いえいえ、なんでもありませんよ、クロス』

何はともあれ、今日はもう休もう――と、クロスは促す。

「では、失礼します、クロス様」と、ジェシカは一礼し部屋を後にした。

クロスはベッドに横になる。

パーティーに加入し、まだ二日目。

最初はどうなるかと思ったが――こうして、みんなと少しは打ち解けることができた。

任務も着実にこなし、報酬も得て、ランクも上がっている。

「幸先は良好……なのかな」

そう呟き、クロスは静かに寝息を立て始めた。

しかし、クロスは自覚していなかった。

――彼という存在が、周囲にどれだけの影響を及ぼしているのかを。

――誰しもが、彼無しではいられないほどの影響を受けつつあるということを。

第2章　パーティーの仲間達

夜が明け――翌日。

お世話になった村の人々に見送られながら、クロス一行は出立した。

冒険者ギルドへと戻り、任務の報告をするためだ。

「マザー……ですか？」

そして、帰ってきた大都。

冒険者ギルドにて、クロス達は担当の受付嬢に任務の達成報告を行っていた。

「洞窟の奥にガルガンチュアのマザーが潜んでいて、大量のガルガンチュアの発生はそれが原因だった、と……」

マザーがいたという報告に関しては、やはり俄《にわか》に信じがたい様子だ。

「一応、証拠は持ち帰ってあります」

クロスは、受付嬢に回収したマザーの《核》――巨大な《魔石》を運び込んで見せた。

エレオノールが『回収するのです！』とうるさかったあれだ。

その《魔石》を目の当たりにすると、受付嬢は驚愕《きょうがく》に目を見開く。

テーブルの上に置かれた、岩石ほどもある《魔石》は、周囲の視線を否《いや》が応にも集めてしまっている。

最初こそ、報告を行っているクロス達を冷やかし気味に眺めていた他の冒険者達も絶句し、徐々にざわめきが大きくなっていく。

「こ、こんなに大きな《魔石》、見たことがない……」

ハッと意識を取り戻した受付嬢が、半信半疑の様子で《魔石》を見回す。

「ま、まさか本当に、マザークラスのモンスターを討伐したのですか？」

「はい」

『さっきからそう言っているでしょうが！』

頭上のエレオノールがふんふんと拳を振って騒いでいる。

「さ、早速、鑑定士に見てもらいます！」

そう言うと、受付嬢はギルドの奥から一人の男性職員を連れてきた。

片眼鏡を掛け、頭髪を撫で付け口髭《ひげ》を整えた、理知的な雰囲気の男性だ。

どうやら、彼が鑑定士という役職の方らしい。

「ふむ……」

鑑定士の男性は、背広の内ポケットからルーペを取り出すと、《魔石》を隅から隅へ、観察していく。

「ど、どうですか？　マジもんですか？」

あたふたしながら、受付嬢が問い掛ける。

鑑定士は一とおり《魔石》を眺め終わった後、ルーペを畳み背広の内側に仕舞うと、優雅に一息吐き――。

「……マジもんです」

冷や汗を流しながらそう言った。

ギルド職員達、動揺しているのか言葉遣いがみんなおかしくなっている。

「し、失礼致しました！　この度は、任務達成、ガルガンチュアのマザー討伐、お疲れ様です！」

受付嬢と鑑定士は、揃ってクロス達に頭を下げた。

どうやら、冒険者ギルド側も信じてくれたようだ。

「しかし……これは、とてつもないことですよ！　本当にマザーを倒したというなら、そんなのA級冒険者に匹敵する実績です！　そうじゃなくても、これほど巨大な《魔石》を回収してきたことだって、大功績です！」

興奮したように捲《まく》し立てる受付嬢。

どこか尊敬というか、畏敬《いけい》の念が迸《ほとばし》る目で、クロス達を見詰める。

「え、えへへ……」

「なんや、こんな扱い受けたことないから、気恥ずかしいな」

そう言われ、マーレットとミュンは照れたように笑い。

「ふふっ……」

ジェシカは、熱い視線をクロスに向ける。

「流石はクロス様だ」とでも言うような視線である。

周囲でざわめく冒険者の数も、どんどん増えてきている。

「あの、それで……今回の報酬に関することなんですが」

おずおずと、受付嬢が口を開いた。

「あまりにも規格外の成果ということもありまして、ちょっと判定に時間がかかってしまいそうなので、数日ほどお待ちいただければと思うのですが……」

「あ、はい、後日になるのは承知の上なので、大丈夫ですよ」

「も、申し訳ありません」

ギルドの受付嬢も鑑定士も、平身低頭だ。

初日の頃と態度がまるで違う。

更に――。

「な、なぁ、あんた」

野次馬の冒険者達の中から抜け出て、ある男がマーレットに声を掛けてきた。

「覚えてるか？　前に、俺、あんたに勧誘されたの」

「あ……」

その男の顔を見て、マーレットは思い出したようだ。

彼は、以前マーレットがパーティーに勧誘し、無碍《むげ》に断られた冒険者の一人だった。

「あんた達、すげぇ冒険者だったんだな。なぁ、是非俺も仲間に入れてくれよ」

「あ、待てよ！　なら俺も！」

「俺だって！」

「な、前に声掛けてくれたの覚えてるか⁉」

その男の発言を皮切りに、次々に冒険者達がマーレットに駆け寄ってきた。

「こいつら、ちょっと前までウチらのこと見下してた奴らやで」

そこで、ミュンがおかしそうにクロスへと囁く。

「ありがとうございます、でも……」

一方、マーレットは、擦り寄ってきた男達にはっきりと、胸を張って言い放った。

「私達には、もうクロスさんがいるので、大丈夫です」

「クロス？」

「今回も、前回も、私達の任務達成の立役者はこちらのクロスさんなんです！」

そう言って、マーレットがクロスを紹介する。

「えーと、どうも……」

ぺこりと頭を下げるクロスに、男達は怪訝な視線を向ける。

「こいつ……確か、一昨日入ったばかりの新人だろ？」

「まだGランク冒険者じゃねぇか」

「見たところ神父、か？」

「《神聖職》ってことは……多少《光魔法》が使える程度の、ただの回復・支援役だろ？」

「こんな奴のどこがすげぇんだ？」

「もしかして、からかってるのか？」

男達は、馬鹿にしたような視線と言葉をクロスに向ける。

瞬間だった。

目にも留まらぬ速さで剣を抜き、ジェシカが切っ先を先頭の男の首元に突き付けた。

「貴様《きさま》ら、クロス様に対する暴言の数々、見過ごせないぞ」

「く、クロス様？」

男達がざわめく。

「聞いたか？　あの男嫌いのジェシカが、様付けで呼んでんぞ……」

「あいつ、マジで一体……」

「ジェシカさん、落ち着いてください」

怒りを見せるジェシカを、クロスが慌てて宥《なだ》める。

「行こう、クロス様」

「行きましょう、クロスさん」

「行こか、クロやん」

クロスは三人に引っ張られ、ざわめく冒険者達の間を通っていく。

「で、ではまた後日！　報酬が決定しましたらお伝え致します！」

受付嬢の声を背中に受けながら、四人は冒険者ギルドを後にした。

「ところで、行くというのは？」

外に出たところで、クロスが三人に問う。

三人は顔を見合わせ、クロスに笑顔を向けた。

「実は、今朝村を出る前に三人で話し合いまして」

「今日は、慰労会しようということになったのだ」

マーレットとジェシカが言う。

「慰労会？」

「任務達成、それと……」

ミュンがクロスの肩に腕を回す。

「クロやんの歓迎会やな」

＋＋＋＋＋＋＋＋＋＋＋＋＋＋＋

「「「かんぱーい！」」」

と、いうわけで。

都の街中にある酒場へとやって来た四人は、早速宴会となった。

麦酒の注がれたグラスをぶつけ合う。

酒を飲み、ご馳走《ちそう》に舌鼓を打つ。

『いやぁ、いいですねぇ、できるなら私も一緒に飲みたいくらいですよ』

クロスの後方で浮遊しながら、エレオノールは面白そうに宴会の様子を眺めている。

「ごめんなさい、僕らばかり……というか、僕はお酒が飲めないので料理だけですが」

『いえいえ、気にしないでください。それよりも、クロス。皆さんが、何か言いたげですよ』

「なぁ、クロやん」

お酒も進み、顔を赤くしてへべれけになっている三人。

その中から、小首を傾《かし》げながらミュンが尋ねてくる。

「そういえば気になってたんやけど、前からクロやん、そうやって時々誰もいない空中に話し掛けてるやん？　それって何？　お化けでも見えるん？」

「えーと、それは……」

「クロス様には、神聖教会の信仰する女神様の姿が見えて会話もできるそうだ」

ジェシカが、ふふんっと、何故か得意げに言う。

「そうなんですかぁ？」

マーレットは少し左右に揺れている。

「あ、えーっと、一応……」

「すごぉい！　やっぱりぃ、クロスさんは只者じゃないんですねぇ！」

興奮交じりに、マーレットは騒ぐ。

信じてくれた……。

いや、だいぶお酒が入っているから、正常な判断力が働いていないだけかと思うが。

「でもぉ、神聖教会を抜けたのにぃ、どうして今も女神様と会話ができるんですかぁ？」

「えーっと……」

「きっと、女神様もクロス様に惚《ほ》れ込んでいて、神聖教会を捨てて付いてきてしまったのだ」

ジェシカが、グビグビと麦酒を飲みながら言う。

「あははは～、なるほどぉ～」と、ミュンとマーレットが笑う。

何気に正解である。

「……クロスさん」

「はい？」

「ありがとうございます」

「ありがとな、クロやん」

「感謝している、クロス様」

そこで、一転して真面目な雰囲気になり、皆がクロスに感謝の意を告げた。

「クロスさんのお陰で、私達、色んなことが上手くいっています。任務も受注できて、成果も出せて……全部、クロスさんのお陰です」

「いえ、僕だけの力ではありませんよ」

そんな彼女達に、クロスは応える。

「そもそも、僕をパーティーに誘ってくれなかったら、僕は一人のままだった。きっと、任務すら受けられなかったと思います」

「でも、私達は実力的にも役に立っては……」

「そんなことありません。皆さん、実力は確実にあります」

クロスは三人を見回す。

「マーレットさんには、広い視野と《魔法拳銃》の射撃の腕が。ミュンさんには、鍛え上げられた体術とスピードが。ジェシカさんには、冷静な判断力と正確無比な剣術が。けれど、三人とも境遇や環境のせいで、心理的な負荷が掛かっていた」

リーダーとしての責任を背負っていたマーレットは、視野が狭まってしまっていた。

一生懸命な性格を周囲に疎《うと》まれていたミュンは、手を抜いて実力を抑えるようになった。

誰にも馬鹿にされたくない……特に、男に対して対抗意識を燃やしていたジェシカは、荒く派手で大振りな攻撃ばかりをしていた。

「皆さんには、元々実力がありました。それが、周りの影響のせいで蓋《ふた》がされてしまっていた。これからもっともっと、皆さんは強くなれるはずです」

クロスの言葉を聞き、三人は赤く染まった顔を、更に赤くする。

「んにゅぅ……すっごくウチらのこと見てくれてるやん……なんかハズいわ」

ミュンが頬を掻く。

「クロスさん、きっととても素敵な神父様だったんでしょうね」

マーレットが目尻を下げ、とろんとした目を向ける。

「優しくて、人の心を導いて、救ってくれる……どうして、こんなに素敵な方を追放なんて……」

「馬鹿な連中しかいなかったのだろう、神聖教会の上層部は」

ふんっと、ジェシカが酒を飲みながら悪態を吐く。

「でなければ、クロス様ほどの御仁に不遇な処遇を与えるなど、神にも許されぬ悪逆をするはずがない」

「せやせや、アホばっかりなんや、神聖教会は」

「あははっ、あほー、あほー」

三人は、神聖教会への文句で盛り上がり出す。

「み、皆さん、ちょっと落ち着いて……」

神聖教会はこの国随一の宗派。

その信徒は多い。

この酒場の客達の中にもいるかもしれない。

こんな発言を下手に聞かれたら問題になると、クロスはみんなを窘める。

「……………」

しかし、三人の言葉を聞いて思い返してみたが、確かに自分は神聖教会の上の人間達の不興を多く買っていたのかもしれない。

《邪神街》出身を黙っていた件等は切っ掛けの一つで、本当は煙たがられ、嫌われていたから、追放されてしまったのだろう。

クロスは、溜息を吐く。

「……教会のみんなは、元気にしているだろうか……」

ふと、同僚の神父や職員、シスター達の姿を思い出し、クロスはそう呟いた。

＋＋＋＋＋＋＋＋＋＋＋＋

「ベルトル司祭！」

神聖教会支部――。

背後から声を掛けられ、ベルトル司教は振り返る。

そこに、数名の女性達が立ち並んでいる。

神聖教会の修道服に身を包んだ、シスター達だ。

「クロス神父が教会を去ったというのは、本当なのですか⁉」

深刻な面持ちで迫る彼女達に、ベルトル司祭は溜息を吐く。

またか――と思ったのだ。

もう何度、事情を知らないシスターや神父達にこの質問をされ、説明をしたものか。

「ええ、本当です」

「そんな……どうして……」

ショックを受けた表情になるシスター達。

「クロス神父は、とても素晴らしい人柄のお方です……！　素行に問題ありとして追放なんて、何かの間違い……」

「それが、間違いではないのです」

動揺する彼女達を前に、ベルトル司祭は諦めと辛《つら》さの混ざった表情を浮かべて見せる。

「彼は《邪神街》の出身者であり、その身に《邪神の血》が流れる『汚れた存在』だった……《邪神街》の出身者がどれだけ危険な存在か、君達も知っているはずです」

「それは……」

「そのような存在を、神聖教会に在籍させておくわけにはいきません」

「それを、クロス神父も認めたのですか？」

別のシスターの問いに、ベルトル司祭は頷く。

「ええ、彼は《魔族》と人間の混血であり、即《すなわ》ち、邪神の系譜を継ぐ者。我々の追求に最初こそ言葉を濁していましたが、遂には白状しました」

糾弾の場に、護衛兵を連れてきて正解でした――と、ベルトル司祭はその時の様子を残念そうに語る。

「本性を表したクロス神父は、普段の人柄からは想像もつかないほどの凶暴性を見せ、我々に襲い掛かろうとしました。護衛兵……そして、私ほどの《光魔法》の手腕が無ければ、被害者が出ていたでしょう」

その話を聞き、数名のシスターはショックで口を覆い、また数名は苦悶《くもん》の表情で視線を落とす。

「か、考えられません……」

「あのお優しい、クロス神父が……」

「私、あの方にどれだけのご恩が……」

「その姿も、我々を欺くための仮の姿だったのでしょう。我々に抵抗できなくなったクロス神父は、最後に白状していきました。この神聖教会の内部で地位を得て、権力を握り、行く行くは《邪神街》の犯罪組織と協力して人間社会に渾沌《こんとん》を巻き起こしてやろうとしていた、と」

「嘘……」

シスターの中には、涙を浮かべる者や、震える体を抱き締め合う者もいる。

それだけ、ベルトル司祭の言葉が信じられないのだろう。

「彼はおぞましく、やましい思惑を抱いた……悪しき心を持った者……正に悪魔だったのです。救うことも不可能。女神様の名において、彼を追放する以外の方策は無かった……辛《つら》いでしょうが、この現実を受け止めてください」

そう言って、ベルトル司祭は沈黙するシスター達に背を向けると、自身の執務室へと向かっていった。

「……ふんっ」

執務室へと戻ったベルトルは、黒壇の机の上に持っていた書類を置くと、椅子《いす》に腰掛け、浅く鼻息を鳴らした。

「どいつもこいつも、クロス、クロスと……はっ、下らない」

そう呟いて、ベルトルは内心でほくそ笑む。

以前より、クロスがこの神聖教会内で少しずつ影響力を持ってきていることが、上層の人間達の間で物議を醸していた。

ある日突然、行く当ても無いと神聖教会の門戸を叩いた少年。

修行の身で長年教会に仕え、熱心な若者として日々の修練を重ねていっていた。

やがて成長した彼は神父の立場となり……教会内での職務、民衆への奉仕活動、同僚達への教育や相談で、多くの功績を挙げていった。

先程のシスター達もそうだが、彼を信頼する者が次々に増え……最早《もはや》、女神様を信仰しているのか、彼を崇拝しているのかわからない者もいた。

当然、上層部の中には苛立ちと不快感、焦りを覚える者も出始める。

ベルトルも、その一人だ。

神聖教会はこの国で最大の規模を拡大しつつある宗教。

その内部政治も苛烈を極めている。

出る杭《くい》は打つ、有望な芽は摘まねばならない。

クロスに対し不満と危機感を持つ者同士が結託し、身辺調査を行い、出る埃を出しに出して、彼を追放に追い遣《や》ろう。

そう立案した代表者が、他の誰でもないベルトルなのである。

ベルトルは、背もたれに体重を預ける。

あの男を追放したのが四日ほど前。

今頃どこで何をしているだろうか。

あのお人好《よ》しの性格だ。

ここではそれが美徳だったのかもしれないが、裸一貫で外の世界に出れば、それも足を引っ張る短所にしかならないだろう。

人に騙され、利用され、もしかしたら既に、どこかで野垂れ死にしているかもしれない。

そう想像を巡らし、ベルトルは嘲笑《わら》う。

「ベルトル司祭、失礼します」

その時だった。

執務室の扉がノックされた。

教会の職員が、ドアを開ける。

「どうしましたか?」

「はい、大都より冒険者ギルドの方が、ベルトル司祭を訪ねてきております」

「冒険者ギルド?」

「ええ、クロス神父……あ、いえ、クロスという人物の件で調査に来たと」

「……何?」

　その名を聞き、ベルトルは眉間に皺を寄せる。

「先日、クロスという人物が冒険者ギルドを訪れ、新人として冒険者登録を行ったそうです。現在、その彼がめざましい活躍を見せており、ランク昇格審査のため、人物像の調査に参った、とおっしゃっているのですが……」

＋＋＋＋＋＋＋＋＋＋＋＋＋＋

　――ガルガンチュアマザー討伐任務達成より、数日が経過していた。

　あれから、クロスは引き続き都外れの廃屋で雨風を凌《しの》いでいる。

　そして、本日――太陽が地上の真上で輝く、真昼。

「じゃ、行くで、クロやん」

「はい、全力でお願いします」

　クロスは、今日も廃屋を訪ねてきたミュンと手合わせを行っていた。

　対峙《たいじ》し構えを取る二人を、傍らでマーレットが見守っている。

　ちなみに、今回はクロスも上半身裸ではない。

　神父服こそ脱いではいるが、インナーは纏っている。

　開始の合図と共に、クロスとミュンは至近距離で体をぶつけ合わせる。

　拳を交え、蹴りを捌き、組んでは倒しを繰り返す。

　以前、全力を発揮したミュンを前に敵わなかったクロスだったが、今では拮抗《きっこう》できてきている。

結果、今回の手合わせは引き分けで終わった。

「いやぁ、めっちゃ腕が上がってるやん」

原っぱに座り込み、空を仰いで荒い呼吸を行うミュン。

「こりゃ、いつかクロやんにも追い越されてまうかな」

「いえいえ、僕なんてまだまだです」

同じく、呼吸を乱して座り込みながら、クロスは言う。

「お世辞なんて言わなくてもいいですよ、ミュンさん」

「お世辞ちゃうねんけどなー」

ミュンは困ったように頬を掻く。

「それに、別に気ぃ使ってるわけでもないで。クロやんが強くなると、ウチもなんだか嬉しい気持ちやわ」

不思議な感覚やね——と、ミュンはおかしそうに笑う。

「終わったか？」

そこで、廃屋の方からジェシカがやって来た。

その手に、水の汲《く》まれた桶《おけ》を抱えている。

「二人とも、だいぶ汗を掻いただろう。クロス様、これでお体を洗うといい」

どうやら、少し離れたところにある井戸から水を汲んできてくれたようだ。

「ミュンの分は、向こうに用意してある」

「あらー、ジェシカってば気が利くやん」

「ありがとうございます、ジェシカさん。助かります。では、お言葉に甘えて……」

立ち上がったクロスは、自然な動作で上のインナーを脱ぐ。

彼の引き締まった上半身が露わとなった。

「ッ！」

その瞬間、クロスの体を直視したマーレット……加えて、ジェシカも、顔を真っ赤にして慌て出した。

「く、クロス様！」

「クロスさん！」

すかさず目を覆う二人を振り返って、クロスは「あ」と気付いた。

そうだ、マーレットは男の裸に慣れていないのだった。

更に、この反応を見るに、意外にもジェシカも同様のようである。

「い、いきなり服を脱いだらビックリするだろう！」

ジェシカが目を瞑ったまま、腕をぶんぶんと振って怒っている。

「す、すいません、僕としたことが配慮に欠けていました。お見苦しいものを見せてしまい、申し訳ありません」

「べ、別に見苦しいというわけでは。ただ、わ、私達は男女なのだから、もう少し気をつけて欲しいというか、そもそも、異性に対して肌を見せても許されるのは……」

ジェシカは、堪らず叫ぶ。

「こ、恋人同士じゃないとダメだろ！」

『なんですかこのツンデレ剣士、ピュア過ぎません？　幼児ですか？』

クロスの頭上を浮遊していたエレオノールが、呆れたように呟いた。

「そ、そうですよ、クロスさん！　人前で無暗に服を脱いだりしちゃ、困ります！」

そこで、更にマーレットがジェシカの発言に追従する。

「男の人が女の人の前で裸になったりしたら……け、結婚しないといけないんですよ⁉」

『こっちもピュア過ぎません？』

「まったく、お子ちゃま達やなぁ」

真っ赤になって慌てふためくジェシカとマーレット。

そんな二人を見て、一人平常心なミュンが溜息を吐く。

そして、上半身裸のクロスに近付くと、平気な仕草で肩に手を置いた。

「この程度で恋人だの結婚だの、大騒ぎて」

「お、お前は実家が男所帯だったから慣れているだけだろ！」

「まぁ、そうやけど。っていうか、ほんまに恋人にでもなったら、この程度で済むはずないやん？

もっと凄いことするんやで？」

「も、もっと凄いことですか⁉」

「例えば、どのようなことをするんだ⁉」

マーレットとジェシカが、ミュンに勢い良く尋ねる。

「えー？　そんなの、キ……ちゅ、ちゅー……」

恥ずかしそうに頬を染めて、ミュンが囁くように呟いた。

「き、きちゅとか、したりするんや……」

『全員ピュア過ぎません⁉』

堪らず、エレオノールが叫んだ。

『この娘達、全員色恋に対する経験無さ過ぎです！　絶対、一人残らず箱入り娘だったでしょ⁉』

「落ち着いてください。別にいいじゃないですか、女神様」

『いやいや、こんなピュアガールばっかりじゃハーレム展開が見込めないじゃないですか！　サービスシーンが遠退《の》くばかりですよ！』

「なんでそんなにハーレム展開？　が欲しいんですか？」

『売上を稼ぐためですよ！』

「なんの売上ですか？」

まぁ、彼女が意味のわからないことを言うのは今に始まったことではないので、それは置いといて。

「じゃあ、体を洗うので少々お待ちを。それが終わったら、出発しましょうか」

クロスは、状況を整えるように言う。

本日の予定は、呼び出しのあった冒険者ギルドへの訪問。

遂に待ちに待った、先日の任務の報酬が支払われる予定なのだ。

＋＋＋＋＋＋＋＋＋＋＋＋＋＋＋

先日のガルガンチュアマザー討伐の一件は、やはりかなりの噂になっていたようだ。

その報酬の受け取りを見に、ギルド内には野次馬の観衆が集まっていた。

たかが報酬の受け取りにギャラリーができるなんて……と、ギルドへとやって来たクロスは、その光景を見てびっくりした。

「わ、わぁ……私達、凄く注目されてますよ」

マーレットが、周囲を見回し緊張した面持ちで言う。

「お待たせ致しました」

そうこうしている内に、報酬の受け渡しが始まる。

やって来たのは担当の受付嬢。

だけでなく、おそらくギルドの上役であろう壮年の男性も付き添っていて、一緒にクロス達へと頭を下げる。

「こちらが、今回の任務の報酬です」

受付嬢が、上役から報酬の載せられたトレイを受け取る。

積み上がった硬貨のタワー。

クロス達が目視で確認すると、それを一目で高級とわかる皮の袋に入れていく。

「す、凄い額です……」

「こんな大量の金貨、ウチもはじめて見たわ……」

「加えて、こちらは追加報酬となります」

更に、受付嬢が別のトレイを運んでくる。

その上に、砲丸ほどのサイズに研磨された《魔石》が載っていた。

「皆様が回収された、ガルガンチュアマザーの《核》……その《魔石》の一部です」

ギルド内に、どよめきが溢《あふ》れる。

あの巨大な《魔石》の一部とは言え、かなりの大きさだ。

とんでもない魔力を秘めているのは、一目瞭然である。

「す、凄いことですよ……これ……」

マーレットが、思わず身震いしている。

「これを使えば、途轍《とてつ》もない性能の《魔道具》が作れます。それこそ、強力な攻撃力を発揮する《魔法兵器》や、自立稼働するゴーレムだって……それに、結界」

「結界、ですか？」

マーレットの言葉に、クロスが反応する。

「はい、モンスターを寄せ付けない、《結界魔法》の発動機なんかにも使えそうです。何せ、マザークラスのモンスターの《核》ですから、並大抵のモンスターは気配を怖がって近付かないはずです。遠出や僻地《へきち》に向かうような任務の時には、野宿の際に重宝します」

「………」

野次馬の冒険者達の間からも、様々な声が聞こえてくる。

「すげぇ、あんな《魔石》があれば、天下無双の武器が……」

「いや、そもそもアレ一つ売り捌くだけで、家だって建てられるぜ」

『ふふふっ、私の言うとおり持ち帰って正解だったでしょう？　クロス』

空中を上機嫌に旋回しながら、エレオノールが言う。

「…………」

しかし、そんな中。

クロスは、その《魔石》をじっと見詰め、考え込んでいた。

「どうしました？　クロスさん」

神妙な顔付きを心配し、マーレットがおずおずと話し掛けてくる。

「いえ……もしかしたら」

そこで、クロスは思考の内容を口にした。

「この《魔石》があれば、今回ガルガンチュアの被害に遭った村の方々の不安も、払拭《ふっしょく》できるのではと思いまして」

「え？」

先程、結界というマーレットの言葉を聞いて、クロスは思い出したのだ。

今回のガルガンチュア発生の件はそれ自体が珍事で、未《いま》だその原因は解明されていない。

となれば、同じようなことがこれからも起こる可能性がある。

先日、村を出立する際に、村人達からは感謝の言葉を多くもらった。

しかしそれだけが心配だと、彼らは不安がっていた。

「この《魔石》を使って結界の《魔道具》を作成し村に置けばいい魔除《まよ》けになる……皆さん安心するのでは……と」

クロスは、そう率直に考えたことを口にした。

「はぁ？　何言ってんだ、あいつ」

そこで、周囲の冒険者達の間から、そんな呆れ声が聞こえてきて、クロスはハッとする。

そうだ、この《魔石》はそもそも、パーティーの報酬として受け取ったものだ。

自分が勝手に使い道を判断するなんて、筋違いだ。

「すいません、今の言葉は忘れて――」

「私は、いいと思います」

すると、クロスの発言に、マーレットはそう答えた。

ミュンとジェシカも、黙って頷く。

皆、その目には少しの後悔も疑念も無い。

「ウチは別にええで。立役者のクロやんがそう言うなら」

「私も、クロス様の判断に喜んで従おう」

「皆さん……」

「というわけで、お願いできませんか？」

マーレットが言うと、驚いた様子だった受付嬢も、微笑んで頷き返す。

「かしこまりました。我々冒険者ギルドが責任を持って、都一番の《魔道具》の工房に依頼をかけ《結界魔法》を発動する《魔道具》を作成していただきます。その暁には、今回被害に遭われた農村の方々へ、皆さん――マーレット様達のパーティーからの寄付という形でお譲りさせていただきます」

クロス達は視線を交わし、微笑みを浮かべる。

その一方、周囲の冒険者達は唖然としていた。

「こ、こいつら、バカなのか？　あの男の思い付きに簡単に乗って、とんでもない富を手放しやがった」

「それとも、底抜けのお人好しなのか？」

「いや、あの程度の《魔石》、いつでも手に入れられるっていうアピールなのかもしれねぇ」

「どっちにしろ、やっぱり只者じゃねぇな、こいつら……」

そんな言葉が飛び交う。

『……』

「あれ？　女神様。ちょっと不機嫌なような……」

『別にー？』

そんな中、エレオノールは、若干ふて腐れ気味な表情を浮かべていた。

『まったく、クロスのお人好しぶりには呆れればいいのか感心すればいいのか……』

「ははっ、すいません」

溜息を吐くエレオノールに、クロスは微笑み掛ける。

「さて、皆様。続いて、冒険者ランクの昇格に関する件なのですが」

一方、受付嬢は話を進める。

クロス達の、冒険者ランクについてだ。

「上の方で、少々審査は難航したようですが、皆様の新しいランクが決定致しました」

「難航？」

そのワードに少し引っ掛かる部分もあったが、クロス達は受付嬢の発表に聞き入る。

「まずは、マーレット様、ジェシカ様、ミュン様……お三方はこの度、ＦランクよりＤランクへの昇格が決定しました」

三人の顔が、歓喜に染まる。

Ｅランク昇格は確実と言われていたが、更に立て続けに功績を挙げたため、一気にＤランクとなったのだ。

三人のライセンスが書き換えられ、名前の横のアルファベッドが更新される。

「ふぇぇ～ん！　ジェシカさぁん！　ミュンさぁん！」

「あははっ、泣くことないやん、リーダー」

「まったく、大袈裟《おおげさ》だな」

涙を流し喜ぶマーレットと、そんな彼女の頭を撫でるミュンとジェシカ。

こんな日が来ることが、彼女達の悲願だったのだろう。

その願いを叶えるための一役は担えたのかもしれないと、クロスは内心で充足感を覚える。

「あれ？　クロスさんは？」

そこで、クロスの名前が呼ばれていないことに、マーレットが気付く。

「クロスさんも、当然Ｄランクですよね？」

「当たり前だ。我々の活躍は、クロス様の存在無くしてはなしえなかった。その話はギルド側にも通してある。なんなら、それ以上の昇格だってあり得るだろう」

「えーっと……その件なのですが……」

そこで、受付嬢が言い辛そうに報告した。

「クロス様のみ、昇格はFランク止まり、となります……」

「「「……………ええッッ！！！？」」」

三人の口から驚愕の声が発せられた。

「な、何かの間違いじゃないですか!?」

「冗談はやめてや、おもんないで？」

「まさか本気で言ってるのではないだろうな」

受付嬢に食って掛かる三人。

全員、顔がマジである。

その圧に、受付嬢もたじろぐ。

「も、申し訳ございません。私も何故なのかわからなくて……報告によると、クロス氏のランクの昇格に関しては幾つか検討したい要素があり、今は様子見も込めてFランクが限界だと……」

「そんな、どうして……」

マーレットも、ジェシカも、ミュンも、呆然としている。

自分のこと以上に、クロスの理不尽な処遇に関してショックを受けているようだ。

「あ、あの……これはあくまでも憶測なのですが……」

そこで、あまりにも居たたまれない空気に、受付嬢が声を潜めて言った。

「おそらく……クロス様の人物像調査のため、神聖教会を訪ねたことに原因があるのではないか……と」

冒険者ギルドは、今回の大功績に伴う規格外の昇格判定のため、クロスの身元調査を行いに前職場の神聖教会を訪れていたのだ。

きっとそこで、神聖教会がクロスをクビにした体面を保つため、クロスが素行に問題大有りの大危険人物であると報告したに違いない。

もしくは、神聖教会の息の掛かった冒険者ギルドの上層部が、教会側に忖度《そんたく》をしたのでは――と、受付嬢は言った。

『あー、もう！　しょうもないですね、まったく！　きっとあのベルトル司祭の仕業ですよ！　前々からクロスがシスター達に人気だからって妬《ねた》んでましたからね、あ奴！　これだからモテない男が権力を持つと碌《ろく》なことにならない！』

「め、女神様、もうちょっと言葉を選びましょう……」

憤慨して頭の上から湯気を出しているエレオノールを、クロスはなんとか宥める。

残念だが、駄目《だめ》なものは仕方がない。

何はともあれ、三人はＤランクになれたのだ。

パーティーとして、更に請け負える任務の幅も広がったので、申し分はない。

「も、申し訳ありません……」

「大丈夫です。僕は気にしていませんから」

涙目で頭を下げる受付嬢に、クロスは優しく微笑む。

「クロスさん……」

「クロやん……」

「……」

マーレット達も、なんとも言えない気持ちでクロスを見詰める。

「それよりも、この《魔石》で結界の《魔道具》を製造する件については、丁重にお願いします」

「は、はい……！　それだけは冒険者ギルドの……いえ、私の責任において確実に！」

自分のことよりも他人を優先するクロス。

そんなクロスの姿を見て、マーレット達三人は含みのある表情を浮かべる。

そして顔を見合わせると――。

「クロスさん」

「クロやん」

「クロス様」

「は、はい」

三人は、クロスを引っ張ってギルドを出ていった。

＋＋＋＋＋＋＋＋＋＋＋＋＋

銀行に報酬の一部を預け、次に向かった先は、服飾屋だった。

彼女達の目的は、クロスに新しい服を買うことだった。

「クロスさんに、いつまでも神聖教会の神父服を着させているわけにはいきません！」

マーレットが宣言し、ミュンとジェシカもうんうんと頷く。

どうやら、今回の一件で彼女達もクロスに、完全に神聖教会から縁を切らせたくなったようだ。

「そのために心機一転、新しい服に着替えましょう！　お金は私達が出しますので、クロスさんは気にしないでください！」

「は、はぁ……」

しかし、縁を切るという話はともかく、これから様々な任務を請け負うとなれば冒険者らしい格好になるのも必要なことである。

流石に、いつまでも神父服のままではいられない。

クロスは承諾する。

ということで、三人はそれぞれ服を見繕いながら、クロスをコーディネイトしていく。

「この黒いコートなどどうだ？　クロス様にきっとお似合いだ」

「なんや、闇の魔道士みたいやん。だったら、こっちの格闘家服の方が動きやすいし機能的やで？」

「それは、ミュンさんがクロスさんとペアルックになりたいだけじゃないですか！」

「何！　ずるいぞ！　それなら私だってクロス様にシルバーアクセサリーや眼帯を着けて欲しい！」

「ジェシカ、なんか趣味がオタクっぽいねん！　別にええやんけ、絶対にクロやんに似合うし！」

わちゃわちゃと盛り上がる三人を見て、クロスもなんやかんやで楽しい気分になる。

少しだけ……それでも少し曇っていた心の霧が、彼女達を見ていると晴れた気がした。

ちなみに、最終的に選ばれたクロスの新しい衣装は、神父服に似た細身の黒コートだった。

遠目に見ると神父服に見えるが、素材も柔軟性が高く動きやすい。

《神聖職》の冒険者として、中々〝らしい〟格好になった――と思う。

三人とも納得のコーディネイトだった。

『個人的にはもう少しクロスのコスプレショーを見たかったのですが、まぁ、いいでしょう』

エレオノールも納得してくれた。

というわけで、何はともあれ。

クロスは神父服を脱ぎ去り、真に冒険者へと生まれ変わったのだった。

++++++++++++

先日の、クロスの冒険者ランク昇格に関する不当判定は――みんな納得はしないものの、あれこれ言っていても仕方がないので、ひとまず諦めることとなった。

「こうなったら、コツコツ実績を積んで冒険者ギルドの信頼を勝ち取ります。そうすれば、問題なくランクも上がるはずです」

そう、クロスが三人を宥めたのだった。

「クロス様がそう言うのであれば、我々も口出しはしない」

「ま、別にランクなんて関係無く、クロやんが凄いのはわかってることやし」

「そうです、むしろ、クロスさんを他の人達に横取りされずに済みます！」

ジェシカもミュンもマーレットも、クロスの意を汲んで気にしないことにしたようだ。

何はともあれ気を取り直し、今日も四人は任務に挑むことにした。

ボードに張り出された任務の手配書を見て回り、手頃なものが無いか検索していく。

「よう」

そこで、後ろから声を掛けられ、クロス達は振り返る。

「もしかしてお前らか？　最近、一気にＤランクにまで昇格した女冒険者達ってのは」

そこに、数人の男達が立っていた。

「噂は聞いてるぜ」

先頭に立つ、クセがかった深い緑色の髪の優男が、人当たりの良さそうな笑みを浮かべて言う。

腰に五十センチほどの長さの杖《つえ》を携えているのを見るに、おそらく《魔道士》だろうか。

「バ、バルジさん……おはようございます」

マーレットが驚いたように声を上げ、慌てて挨拶をする。

「お知り合いですか？」

クロスがマーレットに問い掛ける。

「ええと、知り合いというわけでは……ただ、この冒険者ギルドの中でも有名な方なので」

「覚えてくれてたのか、嬉しいぜ」

バルジは、気さくな態度でマーレットに語り掛ける。

「《魔道士》のバルジさん。Ｃランクの冒険者です。後ろに並んでいる他の方々も同様で、こちらの四名でパーティーを組んでいらっしゃいます」

バルジの後ろには、それぞれの得物を持った男達が三人いる。

斧や槍を携えているところから察するに、全員スタイルは攻撃系の前衛職と思われる。

「ここ最近冒険者になられたばかりなのですが、魔法の才能もあり、まだ若いのに実力も高く、一気にランクを駆け上がって有名になった方なんです」

「へぇ。そんな方に声を掛けられるなんて、評価していただいているんですね」

『クロス、それはちょっと楽観が過ぎますよ』

微笑むクロスに対し、頭上のエレオノールが言う。

警戒している表情だ。

『見るからにナンパですよ、ナンパ』

「ナンパ？」

「ええと、マーレットに、ジェシカに、ミュン、だな？　みんなかわいいな」

バルジは人畜無害そうな雰囲気を出しながら、どこか馴れ馴れしく話を進めていく。

「リーダーは、マーレットでいいのか？」

「あ、はい」

「そうか。なぁ、ランク昇格したばかりで右も左もわからないだろう。上位ランクは任務の難易度も一気に上がる。ここで上手くいかずに脱落したり、調子に乗って足を踏み外す冒険者も多いらしいぜ？」

「は、はぁ……」

マーレットが、おずおずと頷く。

「そこで、だ。お前達、俺達の仲間にならないか？」

「え？」

「折角、運良くとは言えここまで来たんだ。簡単に失敗したくないだろ？　俺達が面倒を見てやるって言ってるんだよ」

バルジの発言に、マーレットは「ええと……」と困ったような顔になり、ジェシカは目に見えて不機嫌になる。

ミュンは「やれやれ……」という感じで天井を仰ぐと、クロスにササッと顔を寄せる。

「このバルジって人……さっき、有名ってマーレットが言ったやろ？」

「あ、はい」

「……実力もそうやけど、女好きでも有名やねん」

クロスの耳元で、小さくそう囁いた。

一方、バルジはマーレットに対し言葉を続けていく。

「どうだ？　マーレット」

「そ、それは、その……」

「遠慮するなって。パーティーの人数としては大所帯だが、原則的には大丈夫だ。この七人で力を合わせていこうぜ」

「え……ええと、七人？」

バルジ達のパーティーは四人。

一方、こちらはマーレット、ジェシカ、ミュン、クロス。

マーレットは首を傾げる。

「……ここにいるのは、八人ですが」

「ああ」

そこで、バルジが視線をクロスに向けた。

「この男はパーティーから外す」

『はい、来ました！　やっぱりナンパですよ、ナンパ！　魂胆丸見えですね！』

「ど、どうしてクロスさんを外すんですか？」

騒ぐエレオノールはさておき、マーレットが尋ねる。

「おいおい、俺は優しさで言ってやってるんだぞ？　C、Dランク冒険者のパーティーに一人だけFランクって、荷物持ちにでも使うつもりか？　後方支援職なら、また別の同ランク冒険者を加入させればいい」

そう言って、バルジと仲間の男達は笑う。

「マーレット、話は済んだか」

そこで、ジェシカが口を開いた。

「こんな提案、耳を貸す必要性も無いと私は思うが」

「はい、当然です」

瞬間、マーレットは真剣な表情になり、頭を下げた。

「すいませんが、私達はバルジさん達と一緒のパーティーになる気はありません」

「なんでだ？」

「クロスさんに酷いことを言ったからです」

怪訝な顔になるバルジに、マーレットはハッキリと言い放つ。

「私の仲間を馬鹿にする人と、仲良くなんてできません」

その発言に、ミュンが「ひゅー」と口笛を鳴らす。

「信じられないな……この俺の提案を蹴ってまで、そんな奴を守る意味があるのか？　そいつ、そんなに有能なのか？」

「ええ」

一触即発の空気。

不機嫌そうに声を低くするバルジへと、マーレットは自信満々に言う。

「クロスさんの実力は、私達よりもずっと凄いんです。この方は、只者ではありません」

「……そいつは――」

「あ、ちょうどいいところに！」

その時だった。

クロス達が話し込んでいたボード前へと、受付嬢が新しい任務の依頼書を持ってやって来た。

「マーレットさん達のパーティーに、ご依頼できませんか？」

「え？　何があったんですか？」

「先日のガルガンチュアとは別の場所ですが、また狂暴なモンスターの大量発生が確認されました。それで、討伐依頼が出されたんです。農地や牧場が近いため、領地の所有者から早急に退治して欲しいと」

受付嬢が手配書を見せる。

「ともかく迅速な対応をお願いしたいらしく、動ける冒険者を投入するなら人数は問わないとのことです」

「人数は問わない？　なら、ちょうどいい」

そこで、同じく手配書を覗き込んでいたバルジが言った。

「この八人。この俺バルジのパーティーと、マーレットのパーティー。二パーティーで今から参加するぜ」

「え、本当ですか!?」

「ば、バルジさん！　何を!?」

勝手なことを言い出したバルジに、マーレットが困惑する。

そんな彼女に、バルジは口の端を吊《つ》り上げる。

「勝負といこうぜ。どちらが多くのモンスターを討伐できるか」

「え」

「もし俺達が勝ったら、マーレット、ジェシカ、ミュンの三人は俺達の仲間入り。そこの男は外れる。逆に俺達が負けたら、先日の任務達成で得た報酬をそのまま渡そう。どうだ？」

「どう、って……」

「任務の達成や報酬額、どれだけのモンスターを倒したかを競い合うなんて、ここじゃよくある賭けの一種だぜ？　それに、そいつの実力に自信があるんだろ？　それとも俺の誘いを断るための口先だったのか？」

バルジの提案に、マーレットは言葉を詰まらせる。

先程、クロスの実力について自信のありそうなことを口にした手前、それをクロス本人の前で簡単にひっくり返すことに、気が引けているようだ。

「あのクロスとかいう奴、言われているほど凄い奴じゃないだろう」

一方、バルジの仲間の男達が、何やら囁き合っている。

「全員で同じ任務に挑んで、一人だけFランクにしか昇格できてないようだしな」

「仲間の女達も、何かの勘違いで評価してるんじゃないのか？」

「聞くところによると、あいつ、元は神聖教会の神父だったらしいぜ。どうせ口八丁手八丁で、騙したんだろ」

クロスを小馬鹿にするような発言の数々が聞こえ、マーレット達も歯噛みしている。

『あ、やばいですよ、ツンデレ剣士のボルテージが上がってる気がしますよ。喧嘩《けんか》に発展しなければいいですけれどね』

「………」

『ん？　クロス？』

その一方、クロスは顎に指を当て、考え込むように沈黙している。

そんなクロスの様子を、エレオノールは不思議がる。

「……皆さん」

やがて、クロスが口を開いた。

そして、思い掛けない言葉を口にする。

「この勝負、受けましょう」

その発言に、当然マーレットもミュンも驚く。

「そんな、こっちにメリット全く無いで？」

「き、気にしないでください、クロスさん。私達、あんな風に思ってなんて……」

マーレットは、クロスがバルジのパーティーメンバー達が交わした小言を気にして勝負に乗ったと考えたようだ。

「……！」

一方、そこで――ジェシカだけは、何かに気付いたような表情になった。

「わかった、私も賛成だ」

「え!?」

「ジェシカさん!?」

一番意外な人物から出た、意外な発言に、二人はビックリする。

対し、ジェシカは真剣な表情で頷く。

「この勝負、受けよう」

++++++++++++++

かくして、クロス達四人と、バルジのパーティー四人による、モンスター討伐任務の対決が決まった。

どちらが多くのモンスターを駆除できるか、その数を獲得した《核》――《魔石》で競う形だ。

冒険者ギルドから手配された馬車に乗り、二つのパーティーはモンスターが発生した場所へと急行する。

「どうして、こんな勝負受けたんですか？」

馬車の中で、マーレットがジェシカとクロスに問い掛ける。

「ええと、それは……」

「クロス様、言わなくていい。私は、クロス様の真意を理解している」

クロスを制し、ジェシカはそう言った。

「マーレット、ミュン。これは、クロス様の問題ではない。我々三人の問題だ」

「え？」

「ウチらの問題？」

「考えてみろ。果たして私達は本当に、Dランク冒険者に昇格するに足る実力を持っているのか？」

その言葉を聞き、二人もハッとする。

「私達の昇格は、完全にクロス様の活躍のおこぼれだ。運が良かったと言われても過言ではない。クロス様は、我々に相応の実力があると言ってくれたが、それを証明する方法は、実際の任務の達成に他ならない」

ジェシカは、クロスに熱い視線を向ける。

「クロス様は、それを理解した上で我々に試練を与えてくださったのだ。即ち『自分と同じパーティーでいたいなら、この勝負に勝って己達の力を証明してみせろ』――と」

「あ、いや、そんな偉ぶったことを言いたいわけでは……」

「なるほど、わかりました」

慌てて否定しようとしたクロスの一方、マーレットが深く頷いた。

「確かに、そのとおりです。クロスさんと一緒にいるために、まず審査されるべきは私達の方です」

「ええと、マーレットさん、そんなに重く考えなくても……」

「ま、そりゃ当然の理屈やな」

パンパンッと、自身の頬を叩きミュンが言う。

「よっしゃ、気合入った。ウチも全力で挑むわ」

「ミュンさんも、そこまで気負う必要は……」

しかし、そんなクロスの声が届いているのかいないのか、三人はやる気の炎を燃え上がらせている。

「クロスさん、私、頑張ります」

「クロやん、見といてや」

「クロス様。我々が貴殿の仲間でいるに相応しいか、とくと見定めてくれ」

「………」

『お、いい感じに発破がかかりましたね。こうなることを想定していたのですか？　流石、クロス』

空中に寝転びながら言うエレオノールに、クロスは「そういうつもりじゃなかったのですが……」と、苦笑を浮かべる。

やがて、馬車は現場に到着する。

「いたぞ、あれか」

平原。

すぐ近くに、農地や牧場のある村が見える。

そして平原では、何体ものイノシシが群れをなしていた。

見た目はイノシシだが、目付きは鋭く、黒い体毛を生やしている。

そして、その頭から生えた角は、まるで剣のように鋭い。

ジェシカが言う。

「鋭利な角を持ったイノシシ型のモンスター……《ソードボア》だ」

「ソードボア……か」

『見た目は完全にイノシシですね。お鍋にしたら美味《おい》しそうです』

頭上で涎《よだれ》を垂らしている女神様。

慈愛の女神のはずなのに食い意地が実に人間らしいのは、さておき。

「まず、情報の再確認をしましょう」

マーレットが言い、クロス達は頷く。

ソードボア……イノシシをモチーフにしたモンスターという点で、何よりも注意すべきはその突進力だ。

一直線に突っ込んできたなら、砲弾が迫っていると解釈していい。

更に、ソードボアは鋭い角を持っている。

巨大な剣が、大砲の威力と速度で飛んでくる。

当たり所が悪ければ一撃で絶命、急所を避けることができても重傷に至るだろう。

そんなソードボアが、何十匹と見当たる。

「いきなり出現したということは、スタンピードでも起こったのか？」

ジェシカが呟く。

ここは都から離れた、人の生活圏と大自然の中間地点のような場所だ。

山や森に囲まれた、野生動物の領域である。

人の目に付かない場所に出現し、今まで発見されていなかったモンスターの群れが、何かを切っ掛けとしここまで移動してきた――そう推察できる。

「先日のガルガンチュアといい、妙なことが立て続けに起きるな」

「何があったかは、まぁ、後でギルドに調べてもらおうや。ウチらはウチらの仕事をせんと」

「ふむ……そうだな。特に今回は、クロス様の信頼とパーティーの存亡がかかっているのだ」

ジェシカが腰の剣を抜き、ミュンが腕を回して肩を鳴らす。

「出し惜しみなど無しだ。全員、全力で行くぞ」

「はいよ」

「では、先程馬車の中で打ち合わせしたとおり――行きましょう！」

マーレットの合図と共に、クロス達四人のパーティーは戦闘の陣形に入る――。

――一方、バルジ達のパーティーは。

「よし、いつもどおりサクッとやろうぜ」

不敵に笑って、バルジは腰から杖を抜き、片手に構える。

マーレット達が仲間になったら、誰がどの娘を狙う？　というような話題で盛り上がっていた三人の仲間達も、臨戦態勢に入った。

バルジ達パーティーの戦い方は、至ってシンプルだ。

今回のような多数のモンスターを相手にした戦いの場合、前衛である二人の仲間が敵を引きつけ、ロングレンジの射程距離を持つ《弓使い》のもう一人がバルジを守りながら後衛に徹する。

そしてバルジは、範囲の広い攻撃魔法発動の準備に入る。

《風魔法》――《乱嵐《ストーム・シック》》。

広い領域に、暴風と鎌鼬《かまいたち》を発生させるバルジ渾身《こんしん》の《魔法》。

敵をできるだけ同じ箇所に押し固め、バルジがその一撃を見舞えば、一網打尽だ。

――視点は戻り、クロス達パーティー。

こちらの陣形は、先日ガルガンチュアとの初戦闘を行った時と同じだ。

前衛にジェシカとミュン、後衛にマーレット。

一つ変わった点があるとすれば、その間――センターの位置に、クロスが立っていること。

「う、後ろから撃って、当てちゃったらごめんなさい！」

若干緊張気味のマーレットが、ちょっとズレたことを言っている。

「大丈夫ですよ、《光膜》で防御していますから」

クロスは笑いながら返答する。

とは言え、マーレットだけでなく、ミュンとジェシカも、少々表情が硬い。

『みんな、ちょっと気合いが入り過ぎているようですよ？』

「そうですね」

そこで、クロスは息を吸い込み――。

「臆《おく》する必要はありません！」

大声を上げたクロスに、三人は思わず目を大きく見開く。

「皆さんは、思い切り自分の力を解放してください！　先日の、僕の言葉を思い出して！」

酒場で語った、それぞれの長所。

それを今一度思い出すようにと、クロスは言う。

「皆さんは、誰にも負けない冒険者――僕の自慢の仲間達です」

その言葉に、ジェシカも、ミュンも、マーレットも――顔を一瞬赤らめ、しかし、次の瞬間。

「よし」

「行こか！」

「はい！」

そして、戦いが開始された。

クロスが中央に立った理由――それは、戦況を広く、冷静に見定めるためである。

言わば、周囲を見回し全体をサポートする役割だ。

「よっ！」

ミュンが躍動する。

ソードボアに牽制《けんせい》を仕掛け挑発し、突進を誘い、突っ込んできたところを軽やかにいなす。

「シュッ！」

バランスを崩したソードボアの脚を、ジェシカが俊敏な剣捌きで狙う。

脚の付け根や関節へ、適切な一撃を打ち込み、確実に機動力を奪っていく。

「ふっ！」

そして、動きを失ったソードボアに、マーレットが《魔法拳銃》を打ち込む。

弾速は落ちるが、威力を高めた高火力の銃撃を見舞い――一体のソードボアを仕留めることに成功した。

ソードボアの体が黒い瘴気となり、後には《核》となっていた《魔石》の欠片が残る。

「よし、まずは一匹やな」

ミュンがそれを拾い、腰の袋に詰める。

「ミュン、次が来るぞ」

ジェシカが得物を構え、続いての相手に冷静に相対する。

「……うん」

クロスは思う。

やはり、彼女達の実力は高い。

ジェシカの剣技も、ミュンの体術も、積み上げてきた研鑽《けんさん》に相応しい力となってその身に宿っている。

ただ、ジェシカは男冒険者達に舐められないように、大振りで派手な攻撃ばかりを狙い、ミュンは全力を出す心持ちにどこかで蓋をしていた。

その点をクロスに指摘され、二人は目覚めた。

ジェシカの精密な剣戟は、ダメージこそ少ないかもしれないが、確実に敵の急所を一撃で切り裂いていく。

思う存分、全身を躍動させるミュンの体捌きは、スピードを武器にするモンスターをも簡単に翻《ほん》弄《ろう》できるレベルだ。

そして、マーレット。

リーダーの責任と、上手くいかない現状に悩み、ガチガチになっていた彼女。

元々、彼女の得物は二丁拳銃だ。

広い視野を持っていなければ扱えない戦闘スタイルである。

「もう一体仕留めました！　ミュンさん！　左から来ます！」

また一体、ソードボアへと止《とど》めを刺し、もう一方の銃でミュンに接近しようとしていた個体に牽制を放つ。

普段どおりの実力を発揮できれば、彼女ほど場を支配する力を持った存在はいない。

適材適所——クロスの助言を受けたこと。

更に、クロスの前で実力を示したい、クロスをパーティーから失いたくないという気持ちも手伝ってか——三人は次々にソードボアを倒し、多数の《魔石》をゲットしていく。

——一方、バルジ達は。

「行くぞ！」

バルジが《乱嵐》を発動させ、巨大な竜巻が発生。

その中にいたソードボア達の体が、大量の鎌鼬によって切り刻まれた。

「チッ……何体か逃がしたな」

しかし、直前で風の気配を察知した数体のソードボアが、その攻撃範囲から逃れていたようだ。

流石は、スピード自慢のモンスター。

狙った獲物を全てかっ攫う――とはいかなかった。

「おい、《魔石》は誰が拾う!?」

バルジが仲間達に叫ぶ。

「そんなの後だ！　まだ無事なモンスターが何体もいるぞ！」

「クソッ……一発で全部仕留められりゃ、拾う余裕もあったのに……」

「言ってても仕方がないだろ！　もう一発、発動する！　お前らは同じように――」

「お、おい、あいつら……」

そこで、バルジを護衛していた後衛の仲間が、バルジに言う。

視線を追うと、ソードボアを次々順調に倒していくクロス達パーティーの姿が見えた。

先程は、全員で一体のソードボアを協力して倒していた程度のはずだったのに……。

今や、ジェシカもミュンもマーレットも、単独でソードボアを相手にし、そして倒していっているように見える。

「こっち、これで五体目や！」

「こちらは八体だ」

「私は、今ので十体目です！　みんな、もう少しですけど油断しないように！」

聞こえてきた討伐数に、バルジは息を呑む。

こちらは、今やっと六～七体倒したところだ。

凄《すさ》まじいほど、差がついてしまっている。

「結構やるぞ、あいつら」

「討伐数、俺達の方が遅れてないか？」

「そ、そんなことない！　口から出任せを言ってこっちを焦らせる作戦だ！　後で《魔石》の数を見ればわかる！」

とは言え、バルジも焦り始める。

「くそっ、俺達がどうしてＤランク冒険者と同程度……いや、それ以下の成果しか……」

その瞬間だった。

「バルジ！」

「え」

焦って、注意力が散漫になっていたバルジ。

その後方から、加速した一体のソードボアが突進してきた。

慌てて後衛の仲間が立ち塞がろうとするが、相手はかなりの速度が出ている。

このまま追突されたら、二人とも――。

「しまっ」

――刹那、バルジ達の前方に〝光の壁〟が煌《きら》めき、襲来したソードボアの体を弾き飛ばした。

「ギュゲッ！」

「……は？」

まるで、突撃の威力をそのまま跳ね返されたかのように――ソードボアは宙を舞い、地面に落下する。

「い、今、何が……」

「……」

呆然とするバルジ達を、遠方からクロスが右手を掲げて見ている。

『クロス、今、《光膜》で彼らを守りましたね』

「はい」

クロスの返答に、エレオノールは呆れる。

『今は勝負の最中です。相手に塩を送る必要なんてないと思いますよ』

「すいません、ついクセで」

とは言え、目前に見えるソードボアの姿は、もう数えるほどしか見えない。

マーレット達が、ほとんど倒してしまった。

仮に残りの数を、全て相手方が倒したとしても、賭けはこちらの勝ちが明白である。

『勝負ありですね。どうします？　もう少し相手に吹っ掛けてみても面白いのでは？　残りの獲物を全て倒した方が、一億ポイント獲得で一発逆転チャンス！　とか』

「女神様、ギャンブルで絶対に負けるタイプの性格をしていますね」

――その時――地響きが轟《とどろ》いた。

「な……あ、あれは」

バルジ達が、言葉を失っている。

そしてミュン、ジェシカ、マーレットも、警戒心を高める。

それまで多数のソードボアによって隠れて見えていなかったが、平原の真ん中に、〝それ〟は横たわっていたようだ。

そして、今、〝それ〟は体を起こした。

巨体のソードボアだ。

人間三人分くらいの高さに、頭がある。

額から生えた角も、大剣のようだ。

おそらく、この群れの中でもボスの立ち位置にいる――そんな個体だろう。

「し、仕留めるぞ！」

真っ先に動いたのはバルジだった。

おそらく、敗色が見え焦燥感に駆られたのだろう。

杖を構え、即座に乱発できる初級の《風魔法》――《風《エアロ》・弾《バスター》》を撃っていく。

しかし、風の散弾が迫った瞬間――巨体ソードボアの体を、《風弾》は通過していった。

「は？」

いや、通過したわけではない。

巨体ソードボアは、その大きな体からは想像もできない動きで、左右に素早く体を移動させて、攻撃を避《よ》けたのだ。

「な、なんだこいつ！」

「速過ぎんだろ！」

バルジが《風弾》を更に撃ち、後衛の仲間が弓を放つ。

しかし、当たらない。

「む、無理だ！　こいつは俺達だけでどうにかできる個体じゃねぇ！」

バルジが、クロス達に向けても叫ぶ。

「勝負はお預けだ！　一旦逃げるぞ！」

「……………」

どさくさに紛れて賭けを有耶無耶《うやむや》にしようとしている点に関しては、さておき。

クロスは、冷静に巨体ソードボアを見定める。

確かに、通常のソードボアに比べても、機動力が桁違いに高い。

視覚では追えないほどだ。

それでも、先日のガルガンチュアマザーに比べれば大した威圧感は無い。

あくまでも、他よりも強力な個体……という程度だろう。

「どうします？　クロスさん」

マーレットが、クロスに問う。

マーレットも、ミュンも、ジェシカも、闘志は薄れていない。

彼女達は、立ち向かう気だ。

が、その時。

『クロス！　《極点魔法》です！』

「え、女神様？」

　エレオノールが言った。

『こんなところで勝負を無しにされたらたまったもんじゃありませんよ！　それに、今回の任務では、クロスの活躍を見せることだって重要なんですよ⁉』

「……」

『このパーティーにいたいのでしょう⁉　だったら、あなただってちゃんと実績を積んで、みんなと同じランクに上がらなくちゃ！』

　エレオノールの言葉に、クロスは一瞬ポカンとし――そして、微笑む。

「そうですね。マーレットさんや、ミュンさんやジェシカさんが頑張っているのに、僕だけサボって置いてかれるわけにはいきませんもんね」

　目映い光を放ち、エレオノールが《天弓》化する。

「おお、あれは……」

「あれが、クロやんの《極点魔法》……？」

「綺麗……」

　その光景に、ジェシカは再び相見《あいまみ》えた感動を。

　ミュンとマーレットは、それぞれの反応を見せる。

「皆さん、すいませんでした」

　そこで、クロスは《天弓》を構えながら言う。

「僕が今回の賭け勝負を受けた本当の理由……それは、あのまま揉めているよりも、彼らに勝ってみせた方が早いと思ったからです」

バルジの仲間達が、クロスへの誹謗《ひぼう》を口にしていた時。

マーレット達が悔しそうにしていたのを、クロスは見ていた。

けれど、クロスもあの時――自分のことよりも、このパーティーが軽んじられて見られているように感じ、ちょっと腹が立っていたのだ。

「僕は、皆さんと一緒のパーティーでいたい。そのための努力を、僕もしないといけませんよね」

そんなクロスの言葉に、三人がドキッと胸を高鳴らせる一方。

クロスは、手元に発生した七色の矢の中から――紫色の矢を手に取り、弓に番えた。

「《天弓》――《紫矢《ネメシス》》」

相手は、目にも留まらぬ俊敏さを持つ。

だが、弓矢や《風魔法》が放たれた後に体を動かし、それで回避していた。

スピードはあるが、動体視力は並。

ならば――視認不可の稲妻の一撃で屠る。

クロスの指先が、弦を離す。

――刹那、神速に近い稲妻の矢が、巨体ソードボアの胴体に風穴を開けていた。

「――――?」

巨体ソードボアは、自身に何が起こったのかも理解できていないようだ。

一拍遅れ、落雷音が平地に轟く。

そして次の瞬間には、巨体ソードボアの体がゆっくりと横に倒れ、転倒の衝撃で黒い瘴気となり、空気中に霧散した。

「……え、何」

「何が起きた？」

目前で起こった光景が理解できず、バルジの仲間達はポカンとしている。

「……き、《極点魔法》……だと？」

そんな中、知識があるが故に、その《魔法》の恐ろしさを知る《魔道士》――バルジだけが、クロスを見詰めて体を震わせていた。

「す、すげぇ……な、何者……何者なんだ、あいつ……いや、あの人は……」

＋＋＋＋＋＋＋＋＋＋＋＋＋＋

かくして、平原に出没していたソードボア――その全ての駆除が完了した。

任務を達成し、クロス達とバルジ達のパーティーは冒険者ギルドへと帰還する。

ギルドに結果を報告し、収集した《魔石》を証拠として提出。

ちなみに、巨体ソードボアの《魔石》は、他の欠片状のものに比べて、やはり少し大きな結晶だった。

これは、クロスの成果であると、マーレット達が〝念入り〟に報告していた。

「確かに確認させていただきました。皆様、お疲れ様です」

《魔石》の鑑定も終わり、受付嬢が労《ねぎら》いの言葉を掛ける。

こうして、今回の任務も無事達成となった。

「クロスさん！」

「クロやん」

「はい、マーレットさん、ミュンさん、ジェシカさんも」

「ふふっ、うむ」

クロス達は、みんなで互いにハイタッチをする。

チームみんなの強みが、存分に生かされる形での勝利だった。

――さて一方、賭けの結果についてであるが……。

「お、おい、バルジ……マジか？」

「賭けは俺達の負けだ……」

バルジが、今回の勝負に賭けていた先日の任務の報奨金を持ってきた。

他の仲間達は、どうやらバルジが適当に誤魔化して、賭けについては無かったことにすると思っていたようだ。

律儀《りちぎ》に賭け金を払うバルジに、驚いている。

「おいおい、なんだ、バルジのパーティーと、マーレットのパーティーじゃねぇか。どうしたんだ？」

ちょうど居合わせた冒険者達が、その様子を見て茶化してくる。

「ああ、なんでもモンスターの討伐任務で賭けをして、バルジ達が負けたんだとよ」

「おいおい、何やってんだよ。期待の成長株、《魔道士》バルジのパーティーが、昨日今日Dランクに上がったばかりの女冒険者達とFランク野郎のパーティーに出し抜かれたのか？」

「手ぇ抜き過ぎだろ。酒でも飲んでたのか？」

野次馬の冒険者達が、バルジ達をからかうように笑う。

しかし、そこでバルジが、そんな冒険者達を睨んだ。

「うるせぇ！　お前ら、わからねぇのか!?　この人が、どれだけヤベェ人なのか！」

クロスを指さして声を荒らげるバルジに、野次馬の冒険者達もポカンとする。

彼らも、バルジ達を馬鹿にしていたというよりも、手を抜いて負けたと思い、むしろクロス達のパーティーを舐めているような口調だった。

故に、バルジの発言に言葉を失ったようだ。

「あの、ええと……」

更に――バルジは態度を一転させ、クロスにおずおずと話し掛ける。

「クロス、さん……クロスさん、ですよね？」

「あ、はい」

「あ、あの……今日、あの巨体ソードボアの個体を倒したあれって、《極点魔法》ですよね？」

恐る恐るという感じで問い掛けるバルジに、クロスは「まぁ、はい」と頷いた。

瞬間、バルジは一層驚きの表情を強める。

「す、すげぇ……やっぱり、そうだったのか……え、ていうか、クロスさん、何者なんですか……というか、なんでこんなところにいるんですか？」

「なんだ、あいつ……なんで、あんなにビビってんだ？」

野次馬達は、バルジがクロスを前に畏敬するような態度を取っていることに、首を傾げている。

「おい、バルジ。お前、女と飲み遊び過ぎて脳味噌《みそ》が働かなくなったのか？　なんで、そんなFランク野郎にへぇこらしてんだよ」

「はぁぁ⁉　お前ら、今の話聞いてねぇのか⁉　この人はな、《極点魔法》の使い手なんだよ⁉」

未だに状況が呑み込めずヘラヘラしている野次馬達に、バルジが食って掛かった。

「《極点魔法》ってなんだよ？」

「《極点魔法》ってのはな！　歴史に名を刻むレベルの天才でなければ到達できない《魔法》の極地だ！　マジで冗談じゃなく神に愛された存在じゃないと手に入れられない究極の《魔法》なんだよ！　そんな《極点魔法》を扱えるこの人は、全魔法使いの憧れ！　むちゃくちゃすげぇ人だってこと！」

『あらぁ？　このチャラ男、意外とわかってるじゃないですか。クロスが、この慈愛の女神エレオノール様に愛されし選ばれた存在だということを』

クロスの肩に腕を回し、エレオノールが満更でもない顔を浮かべている。

一方、バルジの説明を受けた冒険者達は、戸惑っている様子だ。

「なんだ、そりゃ？　なんでそんなすげぇ奴が、冒険者ギルドでFランク冒険者なんかやってるんだよ？」

「俺が知りてぇよ！　人類の宝がいていい場所じゃやねぇだろ⁉」

そう、熱く語るバルジ。

彼、女好きで有名らしいが、何気に《魔術》に関してはマジメなのかもしれない。

「クロスさん！　すいませんでした！　こいつら、ものの価値のわからない馬鹿どもで！」

そこで、バルジがクロスへと謝ってきた。

「今回の件は、俺からも冒険者ギルド側に報告しておきますよ！　クロスさんはFランクなんかに留まっててていい人材じゃないって！」

「あ、はぁ……」

なんだろう。

バルジのキラキラした目を間近で見て、クロスは思う。

まるで、憧れのヒーローを目の前にした少年のような。

かつて子供の頃に心奪われ目指した、そんな到達点を前にして初心に帰ったような、そんな表情をしている。

「なんだ、バルジの奴……」

「もういい、行こうぜ。寝ぼけてたにしろなんにしろ、あんな状態で任務に挑んでよく生きてたな？」

「酒ばっか飲んで遊び歩いてるからな、あいつ」

野次馬の冒険者達は、そんな風に呟きながら去っていった。

どうやら、クロスの実力に関しては、まだ彼らも認めていないようである。

まぁ、実際に自分の目で見たわけでもないので、仕方がないだろう。

「じゃあ、僕達もこれで……」

「あ、く、クロスさん！」

そこで、バルジがクロスを呼び止める。

「その、良ければ……今度、俺の《魔法》見てくれませんか？」

「え？　僕が、ですか？」

「はい、もしあれなら、ご指導とか、してもらえないかな、と……」

「え、うーん……」

Fランク《神聖職》の自分が、Cランク《魔道士》に指導なんてしていいものなのだろうか？

『頷いておきましょう、クロス。舎弟を作っておくのも、王道展開です』

「なんの王道展開なのかは知りませんけど……」

とりあえず、クロスは「はい、また時間がありましたら」と答える。

「よ……よっしゃあああ！　ありがとうございます！　楽しみにしてます！」

クロスの返答を聞き、バルジは深く頭を下げる。

そして、「行くぞ、お前ら！　特訓だ、特訓！」と、始終ポカン顔だった仲間達と共に、ギルドから去っていった。

「……なんだったんだろう」

「あれでも《魔術師》の端くれやからな。凄い魔法使いに出会ったら、そりゃ童心に戻って素直に尊敬してまうんやないの？」

そう、後ろからミュンが言う。

「ま、何はともあれ、任務も達成したし、賭けにも勝ったし、めでたしめでたしやろ」

「ええ」

「ふふっ、でも、ウチ嬉しかったで」

「え？」

ミュンが、クロスの肩に手を置いて、口元を綻《ほころ》ばせる。

「クロやんが、あんなこと思ってくれてて」

「あんなこと……」

クロスは、先刻の任務中のことを想起する。

『皆さんは、誰にも負けない冒険者――僕の自慢の仲間達です』

『僕は、皆さんと一緒のパーティーでいたい。そのための努力を、僕もしないといけませんよね』

「……あ」

だいぶ、真っ直ぐな本音を語ってしまっていたことを思い出す。

見ると、ミュンも、ジェシカも、マーレットも、三人とも頬を染めている。

クロスがこのパーティーを大事に考えてくれていることに、みんなどこか嬉しそうだ。

「よっしゃ、飲み会や、飲み会！　任務も達成したし、賭け金も手に入ったし！　今夜は大盤振る舞いやで！」

「賛成です！」

「クロス様、お疲れではないか？」

「いえいえ、大丈夫ですよ」

ハイテンションなマーレット達。

やはり、若い女の子達である。

任務を終えたばかりだというのに、元気で仕方がないようだ。

まぁ、そんな彼女達を見ていると、その元気をもらえるようで、だからこのパーティーが好きなのだが。

「……………」

しかし一方で、クロスの心中にはある懸念が生まれていた。

今回のソードボアの件。

そして、先日のマザーの件といい、強力なモンスターが不特定多数出現する珍事が続いていることが、どうにも気に掛かるのだ。

……まるで、何かが暗躍しているような……。

++++++++++++

「いやぁ、それにしても、今日はみんな凄かったやんなぁ」

「なんだか、久しぶりに気持ち良く戦えた気がします！」

「クロス様の助言どおり動いたら、見違えるように剣捌きが良くなった」

本日の任務（と、バルジ達との勝負）で良い成果を挙げ、クロス達一同は酒場で盛り上がっていた。

互いの健闘を称《たた》え合い、美酒と美味に舌鼓を打っている（クロスは飲酒していないが）。

「しかしやはり、なんと言ってもクロス様のお陰だな」

「ほんまに、クロやんのお陰やで」

「ええ」

三人は麦酒を飲みながら、ずっとクロスに感謝の意を述べている。

気付くと、すぐに話題がクロスのことになっているので、なんだか照れ臭い。

「いえいえ、何度も言いますが、元々皆さんの持っていた力が凄いだけです。僕は、それを再確認したに過ぎません」

「それが凄いんです！」

瞬間、マーレットが顔を真っ赤にして叫んだ。

だいぶペース良く飲んでいたと思ったが、もうへべれけになっている。

「クロスさんは、きちんと人を見る目があるんです！　その上、言葉も的確で、優しくて、強くて、頼りになって、かっこよくて……」

喋っている途中で、マーレットはバタンッと机に突っ伏した。

「マーレットさん!?」

クロスが慌てて立ち上がり、彼女に駆け寄る。

「うーん、むにゃむにゃ……」

机に顔を預け、マーレットは気持ち良さそうに寝息を立てていた。

「寝とるわ。だいぶ酔いが回ったんやな」

「連日の任務で疲れたのだろう。そうだ……」

そこで、ジェシカが思い出したように言う。

「先程、リーダーと話したのだった」

「なんなん？」

「この場でリーダーが伝えるはずだったのだが……寝てしまったので、私が代わりに言おう。明日は休日にしたいと思っている」

ジェシカの言葉に、ミュンが「お休みかー」と天井を仰いだ。

「私もリーダーも、ちょうど用事があってな。次の任務の前に、武器と防具を新調したいと思っていたんだ」

「あ、そうなんや」

「うーん……私も、《魔法拳銃》のメンテナンスがあるのでぇ……」

寝ながら会話に参加してくるマーレット。

実に器用である。

「じゃあ、ウチも明日はリフレッシュしよかなー。あ、ちなみに、クロやんは明日どないする？」

そこで、ミュンがクロスに話題を振ってきた。

「そうですね。お休み……ですか」

何気に、仕事を休むというのも久しぶりのことだ。

言葉に詰まるクロスに、そこで、ミュンが思い付いたように言った。

「せや」

「クロやん、あの廃屋にいつまでも住んでるわけにもいかんし、どこか新居でも探す？　もしあれやったら……」

ミュンは手を合わせ、指先を摺《す》り合わせながら呟く。

「ウチが、付き合ってあげてもいいけど……」

「なっ、みゅ、ミュン！　何を言っているんだ！」

ジェシカが慌てて会話に割り込んできた。

「いや、ジェシカは装備を新調せなあかんし、マーレットは《魔法拳銃》のメンテやろ？　なら、付き合えるのはウチだけやし」

「いや、しかし……クロス様と二人きりで新居を探すなど……な、何か別の目的があるのだろう！」

何故か、ジェシカは激しくミュンに食って掛かる。

「べ、別にクロやんの家探すの手伝うだけやん？　なんやの、ジェシカ。ウチが、クロやんを独り占めしようとしてるとでも思っとんの？」

「そ、それは……いや、そういうことではなくてだな、クロス様にとっても新しい住処を検討するのは大切なことであるはずだし、ここは我々全員で知識を集めて家探しを行うべきだと……」

「でも、それやと、ウチら全員が付き合える日まで待たなあかんから、クロやんにそれまで引き続き廃屋で暮らさなあかんて言うてるようなもんやで？　そういうことで、ええの？」

「う、うう……」

ミュンに詰められ、ジェシカは頭を左右にフラフラとさせながら口籠《ご》もる。

お酒を飲んでいるので、脳が上手く働いていないのかもしれない。

「わかりました、大丈夫ですよ」

そこで、クロスは微笑みながら頷いた。

「え？」

「僕の新居に関しては、また、皆さんと都合の合う日に、一緒に探してください」

クロスが言うと、ジェシカはパァッと表情を輝かせ、ミュンは「ちぇー」と、少し残念そうに唇を尖《とが》らせた。

「ふふふ……ミュンさん、抜け駆けは許しませんよぉ……」

マーレットが机に突っ伏したまま寝言を漏らした。

彼女、本当に寝ているのだろうか？

「じゃあ、クロやん、明日は何すんの？　一日、暇ちゃう？」

「ええ、そうですね……」

そこで、クロスは口元に指を当て、考え込む。

休日となった明日一日、何をして過ごそうか……。

神父でなくなった今、教会のように規律のある日々ではない。

完全に自由の身である。

「……まぁ、適度に体を休めて過ごします」

少し考えた後クロスが言うと、ミュンは「そっか。まぁ、クロやんには凄く働いてもらったし、きちんと休んでや」と、微笑んだ。

『えー、せっかくの休日なのに無計画ですか？　街に繰り出しましょうよぉ、クロスー』

頭上から、エレオノールがねだってくる。

駄々をこねる子供のようである。

「女神様、すいません」

そこで、クロスがエレオノールにだけ聞こえる声で呟く。

「本当は、明日、やりたいことがあるんです」

『おや？　やりたいこと？』

「ええ」

クロスは言う。

「僕個人で冒険者ギルドに赴き、何か任務を請け負おうと思っています」

＋＋＋＋＋＋＋＋＋＋＋＋＋＋

翌日。

クロスは、冒険者ギルドを訪れていた。

『しかし、休みの日にまでお仕事とは、クロスはセルフブラック体質ですね』

背後からふよふよと付いてきながら、エレオノールが言う。

「すいません。ですが、今の僕に一番必要なのは、少しでも冒険者としての信頼と実績を積むことです。そうしていけば、ランクの昇格も認められるでしょうし、マーレットさん達の懸念も一つ潰《つぶ》せるはずです」

『ふむふむ……ですが、それなら昨日、あの娘達に正直に言えば良かったじゃないですか。どうして黙っていたんです？』

「僕が任務に行くと言えば、彼女達も付いてきそうな気がして」

クロスは苦笑する。

「せっかくの休みなんですから、彼女達には存分に羽を休めてもらいたいですし」

『ああ、なるほど。確かにそうですね』

クロスに心酔中の三人娘の心理と、クロスの心遣いを理解し、エレオノールは納得する。

「いらっしゃいませ、クロスさん」

クロスがカウンターに向かうと、今日も顔馴染《なじ》みの受付嬢が立っていた。

「あ、良ければ相談に乗ってくれませんか？」

「はい、どういったご用件でしょう」

「僕個人で、何か任務を請け負いたいのですが、手頃なものはありますでしょうか」

クロスが尋ねると、受付嬢は小首を傾げる。

「個人で任務……ですか？　パーティーの他の皆さんは……」

「今日はお休みです。みんなには内緒で、僕だけで何かしたくて」

「仕事熱心ですね」

受付嬢は微笑む。

「いえいえ、ちょっとでも実績を出して、冒険者ランクを上げて皆さんに追い付きたいと思っているだけです」

何気なくクロスが言うと、そこで受付嬢は申し訳なさそうな表情になった。

「……すいません……ギルドの上層部には、その件に関してせっついてはいるのですが」

「あ、そんな、受付嬢さんのせいではありませんから」

慌てて、クロスは彼女をフォローする。

「……あの、リサです」

するとそこで、受付嬢が名乗った。

「クロスさん達のパーティーを担当している立場ですので、よろしければ、名前を覚えていただけると嬉しいです」

「あ、そうでしたね、すいません。よろしくお願いします、リサさん」

クロスが名前を呼ぶと、受付嬢――リサは、どこか照れたように頬を染めた。

「あ……えと、すいません、個人の任務でしたね」

リサは表情を戻すと、手元の資料を見る。

「ええと……一応、個人で挑める任務は幾つか来てはいますが、クロスさんのランク的に挑めるものとなると、今ちょうど参加者で埋まっていまして……」

「そうですか、ついていないですね」

「……ですが」

そこで、肩を落とすクロスを見て、受付嬢が言う。

「クロスさんが、冒険者としてもっと仕事をもらいたい、もっとスキルアップを考えていらっしゃるなら、他にも方法があります」

「他の方法、ですか？」

「ええ、自己アピールをするのです」

リサの言葉に、クロスは首を傾げる。

「自己アピール、ですか？」

「正確には、冒険者ギルドに『自分にはこんな強みがある』とステータスを報告しておくのです。能力や知識、それにコネなんかがあれば。例えば、ある特殊な植物の採集を目的とする依頼があった場合、植物の知識のある人、またはそういった知識人と繋がりがある人、植物を探すのに適した技能がある人は優遇されます。その人にしかできないことがある冒険者には、特別に仕事が回されることがありますから」

「なるほど……」

クロスは考える。

能力や知識、コネ……。

「ええと……自分は《光魔法》くらいしか特技も無いですし……それに、前職場との縁も、中々辛いものがありまして……」

「む、無理にお話しにならなくて大丈夫ですよ、クロスさん！」

言葉を連ねていく内に、どんどん凹《へこ》んでいくクロスを見て、慌ててリサが止める。

「それに、ステータスは先程言ったもの以外にもありますから。例えば……冒険者には、いわゆる《ガイド》と呼ばれる役割もあるんです」

「ガイド？」

「外国や辺境の地等へ向かう必要がある際、その場所を熟知している方が他の冒険者に知識を提供するというものです。他のパーティーに同行して一緒に行動したり、また、その土地の権力者に顔が利くのであれば、様々な支援を受ける窓口になったりなど」

「なるほど……」

「クロスさんの顔馴染みの場所や、得意な場所なんかはありますか？」

「場所……」

そこで、クロスは気付く。

そう、何を隠そう、クロスは〝その場所〟の出身なのだ。

「リサさん」

クロスは、リサに顔を近付ける。

いきなり顔を寄せられ、驚いたようにビクッとするリサへと、クロスは尋ねる。

「例えば……《邪神街》のガイドは、貴重なステータスと言えますか？」

「じゃ……《邪神街》の、ガイド？」

そのワードを聞き、リサは少し青ざめた。

「き、貴重なんてレベルではありません。《邪神街》なんて、普通の人間が無事に辿り着けるような場所じゃ……そ、そりゃ、そんな《邪神街》に精通して橋渡しとなれるガイドがいたら、途轍もない人材ですが……」

「なるほど、わかりました」

その言葉を聞き、クロスは満面の笑みを浮かべる。

「ちょっと、《邪神街》の友人に会ってきます」

第3章　《邪神街》

「ベルトル司祭。お忙しいところ申し訳ありません。都より、大冒険者ギルドの使者の方が司祭を訪ねてこられているのですが」

「……………？」

神聖教会支部――司祭執務室。

ベルトルは、ドアの外から聞こえてきた言葉に、訝しげに眉を持ち上げる。

「お通ししなさい」

「はっ、失礼致します」

執務室のドアが開き、職員が室内へと客人を招き入れる。

先日もここに聞き込み調査にやって来た、冒険者ギルドの職員だ。

「この前は、お話を伺わせていただきありがとうございました」

「いえ、ご参考になったのなら幸いです」

ベルトルは、来訪者用のソファに彼を促し、自身も反対側のソファに腰掛ける。

「どうですかな？　それ以降、冒険者ギルド内でのクロス氏の様子は」

「ええ、ベルトル司祭にお話しいただいた内容を、彼の冒険者ランク昇格検討の参考にさせていただきました」

「それで、彼は今どのような待遇を得ているのですかな？」

ベルトルの問いに、職員は「えー……」と、言いにくそうに告げる。

「はい、クロス氏の大幅なランク昇格の件は一旦保留……現状は、Fランク以上への昇格は、観察を継続して問題なしと判断されれば認定がされる……と、そのように委員会内で決定がされました」

「そうですか……彼には厳しい処遇ですが、決定とあらば仕方がありませんね」

ベルトルは、内心でほくそ笑む。

前回、この冒険者ギルドの職員が来訪した際、追放したクロスが冒険者になったという話を聞かされた。

そして、登録からわずか数日で、上級冒険者にも負けない成果を挙げているのだと。

ベルトルは驚き、そして、歯噛みした。

こちらは教会内で、まだ奴の追放に不満を口にする『クロス擁護派』への対応をさせられているというのに、当の本人は、おそらく運が良いお陰とは言え、新天地で恵まれた評価を得ようとしているのだ。

ベルトルは、ギルド職員にクロスの人格、今までの勤務態度、何故神聖教会を追放されたのかに関わるまで、嘘も交えて彼の評判を下げるよう言葉を連ねた。

ベルトルの話を聞いていたこのギルド職員も、思わず言葉を失うような――そんな人格を印象づけた。

加えて、ハッキリと『私には関係の無い話かもしれませんが、もしも私が冒険者ギルドに所属しているなら、彼に権力や地位を与えるなんて考えられません』――と、そう言った。

たとえ、実力だけがものを言うと呼ばれる冒険者の世界であっても、地位が上がれば貴族や王族とも繋がりを持つことになる。

冒険者を管轄し責任を担うギルドとしても、危険な人物を軽々しく上位には上げられない。

それに、冒険者ギルドの上層部の中には、神聖教会の信者であったり、影響を受けている職員だっている――このベルトルの発言は無視できないだろう。

そんなベルトルの狙いは、見事に的中したようだ。

（……くくっ）

クロスは、冒険者ギルド内でも不遇の立場を余儀なくされている。

いくら頑張って努力を重ね、コツコツ仕事をしようと評価されない――本人には、その原因がわかろうとどうすることもできない。

そんな蟻《あり》地獄に陥っているのだ。

ベルトルは内心で嘲笑う。

「それで、本日はどのようなご用件で？」

「はい、そのクロス氏の件で、もう一度再調査の指示が出されまして」

「……何？」

再調査。

その言葉に、ベルトルはピクッと眉を顰《ひそ》める。

「クロス氏は本当に危険人物なのか……その、再調査をしてくるように、と」

「なるほど……確かに、一度聞いただけでは納得もできないでしょう。しかし、先日私が話したことは事実なのです。クロス氏は、一見温厚で勤勉、人当たりの良い人格者に見えますが……実際は、悪辣《あくらつ》極まる性格で――」

「その件なのですが……実は、ベルトル司祭以外にも、神聖教会に所属するシスターや神父の方達にも聞き込みを行っておりまして。どうにも、皆さんの話す印象とベルトル司祭のお話しになる印象が、乖離《かいり》しているように思えるのですが」

「……彼ら、彼女らはクロス氏に騙されていたのです。そして、未だにその洗脳が解けずにいる。人を誑《たぶら》かす、正に悪魔の所業です」

「そう、ですか……うーん……」

ギルド職員は、腕を組んで頭を悩ませている。

どうにも、ベルトルの言葉が信用できないようだ。

ベルトルは、内心で苛立ち、半ば衝動的に言葉を発した。

「これは、女神様の御前であるこの教会で口にするのも憚《はばか》られることですが、彼は市民からの寄付金を一部横領し、自身の懐に入れていたのです。実に嘆かわしい、犯罪に手を染めていたのです」

これくらいなら――と思い、ベルトルは苛立ち紛れにありもしない罪を口にした。

「そ、それは、本当なのですか？　証拠は？」

「証拠？　……いえ、既にその横領金も使い切った後でしたので、証拠と呼べるものはありません。なので、前回話さなかったのです」

しまった――と、ベルトルは慌てて言葉を濁す。

感情に任せ、うっかりしていた……軽はずみに、余計なことは言わないようにしよう。

そう自省する。

「うーん……しかし、他の神聖教会の関係者の方々が話す人物像と一致しない……冒険者ギルド内でも、彼と親交を持つ冒険者達を初め、彼よりもランクの上の冒険者にも、彼をとても評価している者もいますし……あ」

そこで、ギルド職員は何かを思い出したように口を開いた。

「そういえば、これは聞き込みの最中に、あるシスターの方が思わず口に出し掛けていたのですが……クロス氏は、《邪神街》と何か関係があるのですか？」

「……それは」

その言葉を聞いた瞬間、ベルトルは頬が緩み掛けた。

しめた――と、思ったのだ。

そういえば、前にこの冒険者ギルドの使者が訪れた際には、その件は話していなかったのだ。

「ええ、そうです。何を隠そう、彼は醜悪極まりない、邪神の系譜を継ぐ種族の蔓延《はびこ》る世界――通称、《邪神街》の出身者なのです」

そうだ、最初から、これを言っておけば良かったのだ。

奴が《邪神街》出身で、《魔族》の血が混ざった人間であるということは調査されて立証済みの真実であるし、本人もきちんと認めている。

《邪神街》は、凶悪な異種族蔓延る犯罪者の温床。

この国に生きる、全ての人間の敵と言っても過言ではない。

「な、なるほど……そうでしたか」

ギルド職員は驚愕しながらも、ぶつぶつと口の中で何やら呟いている。

「本当だったのか……だとすると、クロス氏が《邪神街》と繋がりを作れるかもしれないという話も……もしかしたら……」

ギルド職員は、まるでこれから凄いことが起きるかもしれない……とでも言うような表情を浮かべている。

しかし、そんなことなど露知らず、ベルトルは一人、心の中で嗤う。

これで、正真正銘、奴も終わりだな――と、そう思いながら。

＋＋＋＋＋＋＋＋＋＋＋＋＋＋

「ええっ!? 《邪神街》に行く!?」

――その夜。

いつもの飲み屋で、各々《おのおの》の用事を過ごしたマーレット達と合流したクロスは、三人にそう告げた。

受付嬢のリサの助言を参考に、《邪神街》のガイドになって、冒険者としてスキルアップを狙うことを決意した、と。

「なので、すいません。明日から三日ほど、僕に別行動の許可をいただけませんか？」

「そ、それは……」

マーレットもジェシカも、ミュンも驚いている。

「大丈夫、ですけど……」

「というか、クロやんって《邪神街》の出身だったん？」

「ええ」

やはり、クロスが《邪神街》の出身者であると知ると、彼女達も身構えてしまっているようだ。

しかし、これは当然の反応――クロスも気にはしない。

《邪神街》の出身と言えば、大抵の人間は恐れるに決まっている。

クロスは、至っていつもの調子を意識しながら頷く。

「怖がらせてしまいましたよね、すいません」

クロスは頭を下げる。

そんなクロスを前に、マーレットは「あ、いえ、その……」と口籠もる。

「た、確かに、驚きましたけど……」

「《邪神街》の出身者……クロス様は、一体何者なのだ？」

ジェシカが、動揺しながらも問い掛けてくる。

「人間では、ないのか？」

「正確には、人間と《魔族》のハーフです」

自身の出生を人に語るのは、もしかしたら《邪神街》を出てから初めてのことかもしれない。

人間の世界で暮らす上で、《邪神街》の出身であることは黙っておいた方がいいに決まっているからだ。

あの街にいた子供の頃、一緒に暮らしていた〝仲間達〟から教わった。

「冒険者としてのスキルアップ、それに何より、皆さんと同じランクに昇格するためにも、《邪神街》のガイドになれたなら、何よりのアピールポイントを得ます。是非、行かせてください」

「それは、大丈夫ですが……」

リーダーであるマーレットが、未だ半信半疑ながら許諾する。

「クロやん……ウチら、付いていかんで大丈夫？」

おずおずと、ミュンが問う。

「あ、いや、むしろ付いていかん方がいいのかもしれんけど……」

《邪神街》は危険な場所。

外の世界の住人が、軽々しく足を踏み入れない方がいい。

そもそも、外の世界の住人の多くは、《邪神街》に対し忌避感と恐怖心を持っている。

彼女達だって行きたくないだろうし、無理に誘おうとも思わない。

「行く場所が場所ですし、皆さんを危険な目に遭わせてしまう可能性もあります。今回は、僕一人で行きます」

「《邪神街》のガイドになるため、何か、アテはあるんですか？」

そこでクロスに、マーレットが問い掛ける。

そう——今回クロスが目指しているガイドとしての役割は、単に出身者だとか、ちょっと土地勘や知識がある程度のものではない（というか、土地勘や知識に関しては既に失ってしまっている）。

《邪神街》と人間世界の繋がりになれる存在、になるのだ。

受付嬢リサの説明によると、そういったガイドになるためには、現地人の協力者が必要となる。

中でも、《邪神街》で強みを持っている存在……有力者と繋がりを持ち、後ろ盾になってもらえば、ガイドとしての信頼性も確実なものになる。

「ええ、アテはあります」

クロスは言う。

「向こうに、僕の友人がいるんです」

「ゆ、友人……」

「はい、その友人に協力してもらって、なんとか《邪神街》の有力者に取り次いでもらえないか、試してみます」

「なんや、色々と手探りやな」

不安がるミュンを見て、クロスも苦笑する。

確かに、そう言われてしまっても仕方がないだろう。

「はい、本当はもっとかっこよくバシッと、ツテがあると言えれば良かったのですが……僕、神聖教会に長年仕えて、教会での仕事以外のノウハウも、大した技能も無いので」

世間知らずで、常識に欠けている部分も多々ある。

けれど、そんな自分を受け入れてくれた彼女達のためにも、何か役に立つステータスが欲しい。

「その友人も、僕が神聖教会の門戸を叩くまで一緒に《邪神街》で暮らしていた子供の頃の仲間みたいなものなので、僕のことなんて、もう忘れてしまっているかもしれませんしね。でも、頼れる可能性はゼロじゃない。なんとか頑張って、僕にできることを増やして、誰かの助けに、何より、皆さんの助けになりたい。だから、試しに挑戦させて欲しいんです」

「クロスさん……」

「わかった。クロス様がそうしたいのであれば、我々に止める権利はない」

「ま、クロやんの実力は知ってるから、《邪神街》に行ったからって酷い目に遭わされることはないって思ってるけど」

クロスの熱い向上心を前に、マーレットも、ミュンも、ジェシカも、口を挟むのも野暮だと思ったのだろう。

「ありがとうございます」

「でも、本当に三日だけでいいんですか？」

マーレットの言うとおり、地図で確認すると、この大都から《邪神街》へは、通常どおり馬車を使ってもおそらく一日近くかかる。

結構距離がある上、《邪神街》に入るためには、大きな山や川を越えなければならない。

「時間が足りますか？」

「移動に関しては大丈夫です」

心配するマーレットに、クロスは微笑む。

「僕、結構鍛えているので」

++++++++++++

ということで、翌日。

クロスは、早速都を出発し《邪神街》へと向かうことにした。

現在、収入もあって所持金にも不自由していないクロスは、馬車を手配。

それで、《邪神街》への道を進んでいく。

『結局、普通に馬車で向かうのですか？　クロス』

馬車の中で、エレオノールがクロスに尋ねる。

『でも、これでは一日かかってしまうと、あのロリ巨乳っ娘も言っていましたよ？』

「大丈夫です、女神様。僕に考えがあります。あと、マーレットさんをそういった呼称で呼ぶのはどうかと思います」

そのまま馬車に揺られ、約半日ほど経《た》った後。

「旦那、すいやせん。ちょっとここから先に進むのは難しいですね」

御者に呼ばれて、クロスは馬車を降りる。

山間を上っている途中だったのだが、岩肌沿いに作られた道がかなり細く荒くなり、馬車で進むには危険な状況になってきていた。

「流石にこのまま進めば、崖が崩れて馬車が落下するかもしれません。何より、旦那、この先に進んでいったら、本当に《邪神街》に……」

どうやら、御者も言われたとおり《邪神街》へと馬を進めていたのだが、近付くにつれて恐怖心が勝ってきたようだ。

クロスは、彼に微笑み掛ける。

「ありがとうございます。馬車は、ここまでで結構ですので、引き返してください。あ、これは代金の残り半分です」

御者にお金を渡すと、クロスは岩山を見上げる。

「ここから先は、僕一人で行きます」

『へ？　クロス、まさかですが……』

エレオノールが不安そうに呟くと、クロスはニコッと笑う。

「『健全な魂は健全な肉体に宿る』……ですよ」

言うが早いか、クロスは足下に《光膜》を発動。

その光の板の上へ跳び乗ると、空高く跳躍した。

『やっぱり！　ああもう！　待ちなさいクロス！』

その後を、エレオノールが慌てて飛翔し追い掛ける。

「ひえぇ……な、何者なんだ、あの旦那は……」

《光魔法》を駆使し、あれよあれよという間に岩肌を駆け上がっていったクロスを、御者は呆然と見送っていた。

＋＋＋＋＋＋＋＋＋＋＋＋

馬車を使い、道程の半分以上まで進んでいたので、後は特に問題なかった。

《光膜》の反射効果を応用した移動手段で、空飛ぶ鳥と同じ速度で天空を駆け抜けるクロス。

疾風の速度で雲の真下を走り、山を越え、森を越え、川を越え……徐々に徐々に、周囲に暗雲が立ちこめてくる。

なんとも、暗く淀《よど》んだ、暗黒のような空気が漂ってくる。

「あ、そろそろ見えてきましたね」

やがて――クロスとエレオノールの眼下に、広大な街が見えてきた。

街……というより、それは小規模な国と呼んでいいほどの規模を有しているかもしれない。

それほど広大にして、どこか邪悪な雰囲気が漂う場所――。

「……懐かしい」

クロスは、目を細めてその街を見下ろす。

ここが、クロスの出身地――《邪神街》と呼ばれる世界である。

「よっ、と」

クロスは、《光膜》で足場を作りながら、空から地上へと降下していく。

そして、自身の故郷、《邪神街》の地を踏んだ。

ちょうど、大きな通りを外れ――路地裏に近い場所に降り立った形だ。

「何年ぶりだろう……懐かしいなぁ」

クロスは周囲の風景――街並みを見回して、感動するようにそう漏らす。

「この街を出て、神聖教会に修行の身で入門してから数年離れていたけど、雰囲気は全然変わっていません」

『……クロス、感動しているところ申し訳ないのですが、ここはそんなノスタルジーな気分に浸れるような場所ではないと私は思いますよ』

どこからか爆発音が響き、野太い怒号が聞こえてくる。

建物の隅や物陰に何者かが潜み、こちらを値踏みするように睨んできている。

すぐ近くで窓ガラスが割れる音と、女性の金切り声。

ザ・スラム街――と表現すればわかりやすいだろうか、そんな感じだ。

「確かにそう言われてしまうと何も言い返せませんが、一応、ここは僕の故郷なので」

「おい、お前」

苦笑しながら、エレオノールに返すクロス。

そこで、そんなクロスを呼び止める声が響いた。

気付くと、クロスは四人の大柄な人物達に囲まれていた。

「見掛けねぇ顔だな……っつぅか、ただの人間か？」

「おいおい、こんなところに外の世界の奴がなんの用だよ」

その四人は――全員、体から獣毛を生やし、頭の上に耳を生やしている。

犬のような顔立ちに、獰猛《どうもう》そうな牙と目。

狼《おおかみ》系の《獣人》だろう。

この《邪神街》で暮らす、亜人種の一種である。

「とりあえず、金目のもの、っつぅか荷物は全部置いていきな」

どうやら、目的は追い剥《は》ぎのようだ。

クロスよりも背は頭一つ大きく、体の厚さは二回り以上の大柄な獣人達は、威圧しながらそう言ってくる。

「おい、荷物だけじゃなくて服も含めて持ってるもの全部だ。大人しく言うこと聞けば、命だけは助けてやるよ」

『クロス、いきなりトラブルですよ』

エレオノールが、敵に取り囲まれたクロスへと囁く。

対し、クロスは――。

「……ふふっ」

そう、笑った。

『何故この状況で笑えるのですか、クロス』

「いえ、なんだか、子供の頃を思い出しまして。ああ、そうそう、こんな感じ、こんな感じ……と、なんだか懐かしい気分になっちゃいました」

『クロス、今のあなた、戦場で『テーマパークに来たみたいだぜ、テンション上がるな～』って言ってるようなサイコパス味がありますよ』

「そ、そこまでおかしいですか……」

「おい、さっきから一人で何ブツブツ喋ってんだ」

クロスを包囲する獣人――正面の一人が、苛立った声で言う。

「俺達のこと、舐めてるのか？」

「はい、舐めてますよ」

そこで、クロスは獣人達を挑発する。

そのハッキリとした言い方に、獣人達は思わず呆気に取られる。

「いいんですか？　手を出さなくて」

「……てめぇ！」

瞬間、クロスの背後の獣人が殴り掛かってきた。

「《光膜》」

豪腕の一撃――クロスは《光膜》を発動し、その一撃を弾き返す。

「ぐえっ！」

「がっ！」

更にもう一方から殴り掛かってきた獣人も、同じように《光膜》で打撃を反射し、返り討ちに。

「なっ⁉　なんだ、こい――」

そして、動揺する残りの二人に瞬時に近接し、拳を叩き込む。

人並み外れた体格の持ち主である獣人だが、人体の急所は人間と同じである。

瞬時、クロスの足下には気絶した獣人達が四体、転がった。

「よし、行きましょう」

『く、クロス、なんだかいつもと雰囲気が違いますね』

一瞬で荒くれ獣人四人を仕留めたクロスに、エレオノールはどこかビックリしている。

『普段の温厚なクロスは、いずこへ……』

「この《邪神街》では、ここのルールに則らないと生きていけませんから」

『なるほど。しかし、あんな風に挑発的な台詞まで言うとは』

「この街にいた頃、一緒に暮らしていた仲間達から教えられたんです。僕は大人し過ぎるから、舐められないように攻撃的な言葉も覚えるようにって」

「へぇ……で、今からその友人の一人に会いに行くんですよね」

「ええ、しかしまずは、どこにいるのか探さないとですよね」

　エレオノールと会話しながら、クロスは歩を進めていく。

「おい」

　しかし、路地を曲がったところで、背後から声を掛けられた。

　振り返れば、大柄な獣人が立っている。

「向こうにぶっ倒れてるのは俺の仲間なんだが、お前がやったのか？」

『……クロス』

「……ええ」

　クロスは、今更ながら少し悩ましげに溜息を吐いた。

「前途は、多難なようです」

＋＋＋＋＋＋＋＋＋＋＋＋＋

　その後――。

　道を歩いては絡んでくる獣人達を、片っ端から吹っ飛ばし、ちぎっては投げ、ちぎっては投げをしていくクロス。

　このままでは、彼らの相手をしているだけで日が暮れてしまいそうだ。

　そう思っていたところ、おそらくバーと思われる店を発見した。

「ちょうどいい。情報の聞き込みも含めて、ちょっと休憩がてら入りましょう」

『やっと一休みできそうですね』

クロスは扉を開け、バーへと入る。

バーには数名の客しかおらず、全員が亜人だ。

人間の姿をしたクロスを見て、ジロリと圧の強い視線を向けてくる。

そんな中、クロスは真っ直ぐバーカウンターへと向かい、グラスを拭《ふ》いているマスターに話し掛ける。

「……いらっしゃい」

「すいません、この街で人を探しているのですが」

「………」

客と同じく亜人のマスターは、クロスをチラッと見る。

「……誰だ」

一応客商売であるからか、クロスにもきちんと返事を返してくれた。

「ええ、僕の古い友人で――」

その瞬間だった。

バーの扉が、破裂しそうな勢いで開いた。

「見付けたぞ！」

「ボス！　あいつです！　俺達の仲間を片っ端からぶっ飛ばして回ってたのは！」

数十人の獣人達が、バーの中に乗り込んできた。

彼らの姿を見て、マスターも、他の客達も身を強張《こわば》らせている。

「狼の獣人……」

「ベロニカの一派じゃねぇか……」

「あんた、一体何したんだ？」

バーカウンターの下にしゃがみ込み、マスターがクロスに問い掛ける。

身に降り掛かる火の粉を払っていただけだったのだが、予想以上に騒ぎが大きくなってしまっていたようだ。

「狼の獣人の派閥は、この《邪神街》に住む獣人一派の中でも最大規模のチームだ。そんな連中の恨みを買うなんて、あんた、もう終わりだぞ。特に、こいつらを纏め上げるボスは、荒くれ者の狼獣人どもを腕っ節一つで統率する最強の獣人で……」

「ボス！　表通りに引き摺《ず》り出して八つ裂きにしましょうか⁉」

クロスに対して敵意を向ける狼の獣人達は、彼らのボスに指示を請うている。

ボスと呼ばれているのは、先頭に立つ、一人の女の獣人だった。

背はクロスと同じか少し高いくらいで、引き締まった体付きをしている。

見た目、筋肉量が多いわけではないが、人間とは一線を画した身体能力を有していることが雰囲気で伝わってくる。

黒い革のパンツに、革のジャケットを纏い、ヘソを出した攻撃的な服装。

首輪を巻き、頭の上には真っ直ぐ二本の耳が立っている。

黒く長い髪は腰まで伸びており、お尻の少し上くらいから短い尻尾《しっぽ》が出ている。

目付きは鋭く、黙っているだけで威圧感を覚える——正に、女傑といった雰囲気だ。

どこか、犬のドーベルマンを獣人にしたらこんな感じだろう……という、印象である。

他の獣人達からボスと呼ばれている彼女は、こちらを真っ直ぐ見詰めてくる。

『うわぁ、どうします、クロス。なんだか、一瞬で大事に発展してしまっているようですが』

エレオノールが、若干心配するようにクロスに尋ねる。

そこで、だった。

「ベロニカ！」

クロスが、その顔に笑みを湛えて叫んだ。

まるで、旧来の友人と再会した驚きと喜びを溢れさせるように。

「久しぶり、ベロニカ！　驚いたよ、こんなところで再会できるなんて！　凄く立派になって！」

「………」

クロスがそう声を掛けたのは、他の誰でもない、獣人達のボスの女性だった。

彼女は、クロスを黙って見詰めている。

そんなクロスの突飛な行動に、バーのマスターや客達は震え上がる。

「おい、人間！　なんだ、てめぇ！」

「ボスの名前を馴れ馴れしく呼んでんじゃねぇ！」

そして、獣人達は怒りを露わにしている。

が。

次の瞬間。

「……く」

彼らの先頭に立っていた女性。

狼の獣人をまとめ上げる、ボスとして君臨する彼女が、クロスを真っ直ぐ見詰め、体を震わせ。

「く、くくくく、クロスぅ⁉」

クールな無表情を一変させ、顔を桜色に染め上げ、犬歯が見えるほど口を大きく広げ。

「クロスー！　クロス、クロス、クロスぅっ！」

「あはは、相変わらず甘えん坊だな。久しぶり、ベロニカ！」

全力で、クロスに飛び付いたのだった。

++++++++++++

「はぁ……」

場所は、冒険者ギルド。

とあるテーブルに着き――マーレット、ジェシカ、ミュンの三人が、黙って向かい合っている。

「大丈夫でしょうか……クロスさん」

話題は、この場にいない彼女達の仲間――クロスのことだ。

昨夜、酒場でクロスから《邪神街》へ赴くと報告を受けた。

冒険者としてのスキルアップ――《邪神街》のガイドになるため、古い友人を訪ねて土地の有力者となんとか繋がりを得たいと思っている、と。

今頃、彼は《邪神街》に向かっている最中だろう。

「んー……クロやんの実力的に、荒事に巻き込まれたとしても大丈夫だとは思うんやけど」

ミュンが腕組みし、天井を仰ぎながら言う。

「クロス様を相手に、立ち向かえる者がいるとは思えない。並大抵の者では、刃向かうことも不可能だろう」

続けて、瞑目しながらジェシカが言う。

「だが、一つ懸念があるとすれば……クロス様の、人の良い性格だ」

「せやな」

単純な喧嘩や勝負となれば、クロスは負けたりしないだろう。

だが、《邪神街》は野蛮で狡猾《こうかつ》な亜人達が蔓延る、犯罪者の温床。

あくどい者も多い。

生まれ故郷とは言え、もしも、彼の優しさにつけ込んで、騙そうとする者が現れたとしたら……。

「……心配です」

「心配やな」

「心配だ」

「ん？　なんだ、マーレット達じゃねぇか」

三人が声を揃えた、その時だった。

その場に、一人の男が通り掛かった。

クセがかった深い緑色の髪の優男。

腰には、杖が一振り携えられている。

先日、マーレット達を自身のパーティーに取り込もうとして、結果賭け勝負となり、そして敗北したＣランク冒険者――《魔道士》のバルジだった。

「あ、バルジさん」

「なんや、バルジやん」

「バルジか、なんの用だ」

「なんだよ、歓迎されてねぇな……」

彼を見て、マーレットは普通だが、ミュンとジェシカは冷めた態度を取る。

まぁ、一度ナンパされ掛けた身なのだ。

警戒心を抱いても当然だろう。

「あれ？　な、なぁ……」

そこで、バルジはキョロキョロと周囲を見回し、緊張したように声を潜めて言う。

「クロスさんは、いないのか？」

「はい、ちょっと用件があって、数日ほど別行動を取ることになったんです」

「そ、そうなのか……」

ホッとしたような、しかし、どこか残念なような、そんな表情を浮かべ、バルジは胸を撫で下ろした。

「なんで、クロやんが気になるねん？　あ、まさか自分、まだウチらのこと……」

「ち、違うわ！　お前らにはもう手なんか出さねぇよ！」

そこで、バルジは再度周囲を見回すと――。

「……な、なぁ、お前ら、ちょっといいか？」

三人の掛けるテーブル――空いたもう一つの椅子に、腰掛けた。

「何座っとんねん」

「時間はあるが、貴様の誘いには乗らんぞ」

「だから、違うって！　ちょっと、話が聞きたいだけだ！」

バルジは、また念入りに左右をキョロキョロと確認し、三人に問い掛ける。

「その……クロスさんと初めて会った時って、どんな感じだったんだ？」

「「初めて会った時？」」

バルジの口から出た思い掛けない話題に、三人は口を揃えて反応する。

「何故、そんなことが聞きたいんだ？」

「いいだろ、別に！　興味があるだけだ！」

どこか必死に聞いてくるバルジに、ミュンとジェシカは鼻白む。

「ええと、初めての出会い、ですか……」

そこで、マーレットが記憶を辿りながら、おずおずと語り始めた。

「話すんや。優しいな、リーダー」

「あれは……私が、パーティーに必要な回復・支援系の能力を持つ冒険者を探して、ギルド内で声掛けをして回っていた時でした……頑張って、なんとか仲間になってもらおうと必死だったんですが、誰も、見向きもしてくれなくて……そんな時――」

マーレットは、少し頬を染めながら言う。

「クロスさんが、私の仲間になってくれて……そして、みんなで一緒に任務に挑むことができたんです」

「マジかよ……くそっ、俺が先に出会ってたら……」

机に額を落とし、本気で悔しがっているバルジ。

「いや、自分仮にその時のクロやんに出会っても『Gランクの素人が〜』とか言って、相手にもしなかったと思うで」

「で？ で？ 任務に行った後は？ それって、あのガルガンチュアの任務だよな？」

「無視かい」

「はい。ガルガンチュアの討伐任務でした……」

マーレットは、そこで表情に影を落とす。

「初めての、パーティーで挑む任務ということもあって、ガチガチに緊張しちゃって……私、不注意で危機に陥って、大怪我を負ってしまったんです」

「ほうほう」

「お腹に重傷を負って、動けなくなって、ガルガンチュアに食べられそうになって、ああ、もうダメだって思った時に……」

「思った時に？」

「クロスさんが、《光魔法》の《光刃》を発動！ ガルガンチュアの頭を切り落として、助けてくれたんです！」

「来たぁぁぁぁ！　やっべ！　かっけぇぇ！」

ノリノリで語るマーレットに、興奮するバルジ。

ジェシカとミュンは、若干引き気味である。

「それで⁉　それで⁉」

「そして、クロスさんはあれよあれよという内に二体目のガルガンチュアも瞬殺。更に、三体目に至っては《光球》を発射」

「は？　ちょっと待てって。初級《光魔法》の《光球》なんてランタン代わりの魔法だろ？　発射した、って……」

「ホンマに撃ったんよ」

仕方なし、ミュンが補足する。

「クロやんは、《光球》を自在に操ることができるみたいなんや。しかも、三体目のガルガンチュアに命中させた後、《光刃》に魔法を〝書き換える〟なんてよくわからんこともしてたで？」

「……て、天才かよ……おいおいおい、どんだけすげぇんだよ、クロスさん」

あわわわわ……と、困惑と感動が入り交じった表情を浮かべるバルジ。

そして、一とおり感動した後、「それでそれで？」と、更にマーレットに話を乞う。

「それで、三体のガルガンチュアを倒したクロスさんは、私に《治癒》を施して治療をしてくれたんです」

「《治癒》……流石、クロスさん。上級《光魔法》もお手の物か……で？　で？」

「さっきから自分が話止めてるんやで、バルジ」

「えーと、それで、その……私、瀕死の傷を負っていたので、意識も朦朧《もうろう》としていて……情けない話なんですけど……今までの、上手くいっていなかった自分に対する後悔とか、うわごとを口にしてたみたいなんです……」

そこで、マーレットは顔を赤らめ、胸の前で両手を合わせ、恥じらうように呟く。

「クロスさんは……そんな私の頭を大きな手で撫でてくれて、優しく微笑んで……『よく頑張りましたね』って、『でも、これからは自分も頼ってください』って……」

その時の光景を、間近で見上げたクロスの顔を思い出しているのか。

両目を熱っぽく濡《ぬ》らし、マーレットは語る。

「……自分は、私の〝仲間〟なんだからって……私が一番嬉しい言葉を、掛けてくれたんです……心が温かくなって、満たされるようでした……」

「惚れてまうやろぉぉぉぉぉぉおおおおおお！」

バルジの上げた雄叫《おたけ》びが、ギルド内に響き渡った。

即座、ジェシカが剣を抜いて（鞘を被せた状態で）、バルジの頭を殴打する。

「うるさい。興奮し過ぎだ。気持ちは、わからんでもないが」

「いや、わからんでもないのかい」

素直にそう漏らすジェシカに、ミュンが突っ込む。

「やべぇぇぇ……かっけぇぇ……」

一方、バルジは机に突っ伏して震えていた。

女遊びが激しいことで有名なチャラついた男の印象だったが、今の彼は、憧れのヒーローの武勇伝を聞いて打ち震える純粋な少年のようである。

「自分、なんでそんなにクロやんに興味津々やの？」

「はぁ!? 当たり前だろ！　ああんなかっけぇ人、憧れるに決まってんだろ！」

そこで、机の上で頭を上げ、バルジがミュンへと熱く語る。

「いや、俺だってよ、曲がりなりにも《魔道士》の端くれだぜ？　《魔法》の才能を認められた時から、誰にも負けねぇ《魔道士》になろうって、そりゃ思ったりもしたさ。こうやって冒険者になって、任務を受けまくって活躍して、どんどん実績を積んで、いずれは行くところまで成り上がってやろうって野心もある。そんな俺が、《極点魔法》なんて魔法使いの最終到達地点に至ってるクロスさんと出会ったんだぞ？」

はぁ、と、バルジは悩ましげな溜息を吐く。

「正に、理想の人って感じだ。追い掛けたくなるに決まってるぜ。強いし、優しいし、頼りになるし……はぁ、マジイケメン」

「なんやの、こいつ」

呆れるミュン。

そこで――。

「おーい、バルジ、何やってんだ？」

三人の男達が、バルジを呼んでいる。

彼のパーティーの仲間達だ。

「手頃な任務が見付かったぞ」

「おう、今行く」

バルジは立ち上がると、三人に言う。

「ともかく、またクロスさんの話を聞かせてくれよ。あ、あと、クロスさんが戻ってきたら、それとなく俺の印象が良くなるように褒めといてくれよな。よろしく」

「するかい、アホ」

去っていくバルジ。

「やっぱ、クロやんってモテるんやな。男女問わず」

「それでも、あいつの尊敬っぷりは中々のものだがな」

バルジの背中を見送って、そう微笑むミュンとジェシカ。

しかし、すぐに表情を曇らせる。

「なんだか……クロスさんの話をしてたら、やっぱり心配になってきました」

マーレットは呟き……そして、意を決したように立ち上がる。

マーレットは、ミュンとジェシカを見る。

二人も同様、真剣な眼差《まなざ》しをマーレットに向ける。

どうやら、三人とも同じ気持ちのようだ。

「私達も、クロスさんの後を追いましょう。今からでも、まだ間に合うはずです」

++++++++++++++

「クロスゥ！　クロス、クロス、クロス！」

《邪神街》の、とあるバーにて。

勢い良くクロスへと飛び付いてきた獣人のボス。

マスター曰《いわ》く、泣く子も黙る狼の獣人派閥を、その実力で束ねる最強の女首領——ベロニカ。

しかし、今の彼女は、そんな印象とは掛け離れた姿を晒していた。

「クロス！　クロスだ！　戻ってきた！　クロスが《邪神街》に戻ってきた！」

クロスよりも少し背の高い彼女は、しかし子供のようにクロスに抱きつき、純粋無垢《むく》な笑顔を浮かべてはしゃぐ。

「久しぶり、ベロニカ。しばらく見ない間に、大きくなったね」

そんな彼女に、クロスも久方ぶりの友人との再会を喜び、笑顔を浮かべる。

「でも、よく僕だってすぐにわかったね」

「わかる！　オレは鼻がいいんだ！　クロスの匂《にお》いならすぐにわかる！　八年前と変わらない！」

その目に涙を浮かべ、ベロニカはクロスの胸に顔を埋めた。

「クロスぅ……クロスの匂いだぁ……良かったぁ、また会えたぁ……」

「ははっ、相変わらず甘えん坊だな、ベロニカ」

クロスの手が、ベロニカの頭を撫でる。

黒髪の隙間からピンと立った耳が、クロスの手に触れられて、気持ち良さそうにピコピコと動いている。

「一人前になったら、また絶対に帰ってくるって言っただろ？」

「うん……オレ、待ってた。信じてた。クロスなら、絶対に戻ってくるって」

ベロニカは、クロスと体を密着させたまま、深く呼吸を繰り返す。

まるで、愛する主人の帰宅を待ち望んでいた大型犬のようだ。

『クロス、今更ですが、この娘が……』

「はい。僕が訪ねようと思っていた、友人の一人です」

エレオノールに問い掛けられ、クロスは答える。

「名前はベロニカ。昔は、もっと小さかったんですが、今では立派な犬の獣人に成長していますね」

「ぼ……ボス？」

そんな彼女の姿を、バーのマスターも、客達も、そして彼女の部下の獣人達も、ポカンとした様子で見ていた。

「……あ」

そこで、そんな部下達に気付いたのか、ベロニカは慌ててクロスから体を離すと――。

「状況は理解した」

今の今まで、クロスに接していた際の甘えた声から一変。

深く低い声音になって言い放った。

目付きも鋭くなり、並大抵の者ならその視線だけで恐怖しそうな威圧感を放っている。

「この男は、オレの知り合いだ」

「ボスの、知り合い？」

ベロニカの言葉に、部下達はざわつく。

「その、人間の男が、ですか？」

「忘れたのか？　以前にも話していただろう。八年前、オレと袂《たもと》を分かち、《邪神街》の外へと修行に出た、強大な魔力を持った人と魔のハーフの男がいたと」

「……な！」

ベロニカの言葉に、部下の獣人達が驚いている。

「じゃ、じゃあその方が！　ボスの語っていた、あのクロスさん⁉」

「子供時代に既に絶大な魔力と魔法の才能がありながら、更なる高みを目指し、行く行くは、この《邪神街》を圧倒的な力で統治するため、あえて人間世界に修行に出たという、あの！」

『え？　クロス、《邪神街》を出る際に彼女にそんな話をしたんですか？』

「いえ……全く記憶にありません」

エレオノールに問われ、クロスは「うーん……」と唸る。

自分が、教会に仕えて人の助けになる仕事をしたいと言ってここを出たのは、もう約八年前――子供時代のことだ。

その時、彼女――まだ当時幼く、クロスよりも背も低かった小さなベロニカは、わんわんと泣いてクロスとの別れを惜しんでいた。

そんな彼女に、一人前の大人になったらまた戻ってくる――と、そう言ったのは覚えている。

「まだ小さかったですし……もしかしたら、彼女の中で曲解がされてしまっていたのかもしれませんね」

クロスは、部下に向き直った姿勢のベロニカを見る。

「し、しかし、ボス、たとえその人がボスのお知り合いでも、仲間達がやられたままじゃ示しが……」

そこで、部下の一人がベロニカに進言する。

クロスがベロニカの友人とは言え、仲間が倒されている件は見過ごせないようだ。

そんな部下に、ベロニカはギロッと視線を向ける。

「先に手を出したのは、どうせそいつらの方だ。人間を見付けて、誰彼構わず絡んだんだろ。それに、報告だとそいつら、気絶はしてるが怪我は全く負っていなかったんだろう？」

「そ、それは……」

『あ、クロス、もしかして』

その話を聞き、エレオノールが何かに気付く。

『さっきの獣人達、倒した後《治癒》を掛けていたんですか？』

「ええ、一応。気絶していますし、痛みくらいは除去しておこうかと、軽いものを」

『相変わらず律儀ですね』

「ともかく、詳しい話はゆっくり聞けばいい」

ベロニカが言い放つ。

「彼を、オレ達のアジトに案内するぞ」

＋＋＋＋＋＋＋＋＋＋＋＋＋＋＋

さて――。

クロスは、ベロニカ率いる狼の獣人達のアジトへと向かう形になった。

しばらくぞろぞろと歩くと、立派な石造りの建物が現れる。

見た目は堅牢《けんろう》な砦《とりで》のようである。

ここが、彼らの根城のようだ。

中へと誘われ、到着したのはある部屋。

ここが、どうやらベロニカ――ボスの私室のようである。

「詳しい話は、オレが直接する。お前達は、話が終わるまで部屋には入ってくるな」

部下にそう告げて、ベロニカは部屋の扉を閉めた。

そこそこ広い部屋の中には、応接用のソファとテーブルがすぐ近くにある。

「えーと……まずは、ごめん、ベロニカ。君の部下とは知らずに、結構な人数を気絶させて――」

クロスが、そうベロニカに謝ろうと口を開いた。

しかし――。

「クロス～！」

そんなことなど気にしていないのか、聞こえていないのか。

ベロニカは、再び勢い良くクロスへと飛び付いてきた。

「わっ！　べ、ベロニカ！　昔みたいに飛び付くのは別にいいけど、今は体格の問題もあるから、もうちょっと手加減してくれるかな」

ベロニカに飛び付かれた勢いで、そのままソファの上に腰を落としたクロスが、そう注意する。

「ごめんなさい……」

そう言われ、ベロニカはシュン……と、両耳を垂れた。

反応が、いちいち犬である。

「オレ、クロスとまた会えて、凄く嬉しくて……」

「うん、僕も嬉しいよ」

クロスが微笑むと、ベロニカも「えへへへ……」と笑う。

クロスの膝のあたり、腰から生えた小さな尻尾がぶんぶんと振られているのがわかる。

『クロス、この娘、なんだか友達というより、凄く懐いているわんこって感じがします……』

「うーん、昔からこんな感じなので、僕は違和感を覚えませんが」

「クロス、誰と話してるんだ？」

エレオノールと会話するクロスを、ベロニカが不思議がる。

「いや、なんでもない。それで、さっきの話の続きだけど」

再度、クロスはベロニカに謝る。

「ごめん、ベロニカ。ベロニカが、今の《邪神街》で狼獣人のボスになってるなんて知らなかった。

ベロニカの部下を、何人か痛めつけてしまった」

「ううん、そんなの、この街じゃ日常茶飯事だ。あいつらも、きっと見慣れない、しかも人間を見付けたから、いつもの調子で絡んで、クロスに返り討ちにされたんだろう」

気にするな――と、ベロニカは言う。

「それに、全員気絶させられはしたものの、体に怪我は全く無いって報告されてる」

「ああ、それは――」

「ボス！」

そこで、部屋の扉が勢い良く開き、獣人の一人が入ってきた。

「気絶してた奴らが目を覚ましたんですが――」

「部屋に入る時はノックくらいしろ！」

一瞬にして、クロスの膝の上から隣に移動し、勇ましい表情と声になったベロニカが、入ってきた部下に怒鳴る。

変わり身が凄い。

「す、すいません！」

「それで、意識が戻った奴らはなんて言ってる？」

「やはり、そちらのクロスさんに絡んで、逆に返り討ちに遭ったそうです……」

「オレの言ったとおりだろう。先に手を出したのはこっちだ。それで逆にやられたなら、恨む筋合いも無い」

ベロニカが言い切ると、部下も「はい」と了解する。

「で、やはり不思議なのは、そいつら全員体に怪我も、特に痛みも残ってないってことなんですが……」

「ああ、それはですね」

そこで、クロスが説明する。

「一応、少しでも遺恨は残したくなかったので、軽く《治癒》の《魔法》を掛けたんです。なので、皆さんお体に問題は無いと思いますよ」

「そ……そうだったのか……」

「話は終わったか？　つまり、そういうことだ。わかったなら出ていけ」

部下の獣人は、「は、はい」と言って、扉を閉めた。

「優しいな、クロス」

扉が閉まると同時、ベロニカは再びクロスの膝の上にいた。

やはり、変わり身が素早過ぎる。

「それなのに、報復に追い掛けたりしてすまない」

「でも、そのお陰でこうしてベロニカと会えた。結果論だけど、良かったよ」

クロスの言葉に、ベロニカは「えへへ……」と、子供のように笑う。

「オレ、クロスが帰ってくるのを待ってた。いつかクロスが、凄く強い、この《邪神街》を支配するくらいの存在になって戻ってきた時、一緒にいても恥ずかしくないように、オレも強くなろうって——頑張って、獣人達を束ねる頭領になった」

「凄いじゃないか」

「まだまだだ。狼の獣人の派閥は、規模こそ大きいけど、抗争をしている他の獣人達も多くいる。もっと強くならないといけない」

クロス……と、ベロニカはクロスを見る。

「遂に、遂に、この時が来たんだな。クロスが、この《邪神街》を支配する恐怖の帝王になる時が

「……」

「いや、ベロニカ……もしかしたら勘違いさせてしまっているかもしれないけど、僕はそんなものになるつもりはないよ」

「え？　違うのか？」

「ああ」

そこら辺の誤解というか、妙にねじ曲がった印象を正すためにも、クロスは本題に入る。

ベロニカを膝の上から下ろし、隣に座らせる。

「僕は今、冒険者として働いているんだ」

「冒険者？」

「それで、ベロニカが《獣人》のトップになっているなら、ちょうどよかった。少し、頼みたいことがあるんだ」

クロスは頭を下げる。

「お願いだ。僕が《邪神街》のガイドになる上での、後ろ盾になって欲しい」

「冒険者……クロスが……」

ベロニカは、小首を傾げる。

黙っていればクールビューティーな見た目なので、そんな子供っぽい動作がギャップを生む。

クロスはベロニカに、今までの経緯を説明した。

自分が幼少期、この《邪神街》を離れて人間達の世界に出たこと。

《邪神》の系譜を継ぐ、《魔族》と人間のハーフであるという特殊な出生ながら、自分の持つ強い魔力と魔法の力で、誰かの助けになりたいと思い、神聖教会の門戸を叩いたこと。

結局、長年仕えたものの、その神聖教会からは追放され、今は冒険者となっていること。

その冒険者という仕事に関しても、自分にできることを活《い》かすため、こうして再び《邪神街》を訪れたということ。

古い友人達を訪ねようと思っていた矢先、ベロニカと偶然にも再会することができたこと。

そのベロニカが、今では立派な《獣人》の首領になっていると知ったこと——。

「そうか……オレは、クロスが《邪神街》を統治する強大な存在になるため、外の世界に修行に出たものだと思ってた……けど、勘違いだったんだな」

「まぁ、そういうことになるかな」

事のあらましを説明され、ベロニカは、どこかポカンとしている。

クロスが、自分の想像と違う目的で生きているということを知り、もしかしたらショックを受けてしまったのだろうか？

彼女は先程、言っていた。

クロスと再び一緒に並び立つため、強くなろうと決意し、こうして獣人を従えるボスにまでなったのだ——と。

「なんていうか、その……ごめん、ベロニカ」

クロスは頭を下げる。

「誤解させたままだったというか、期待外れだったというか……」

「どうして!?　クロスが謝る必要は無い！」

そんなクロスに、ベロニカは叫ぶ。

「オレは、またクロスと再会できただけで凄く嬉しい！　クロスがやりたいことをやって、楽しく生きてくれるならそれが一番嬉しい！　だから、オレの勘違いなんて気にするな！」

「ベロニカ……ありがとう」

ベロニカは、本当に昔と変わらない。

一人前の大人の姿に成長したし、その体からは強者の威厳のようなものが伝わってくる。

でも、その素直で、クロスのことを一番に考えてくれる友達思いの性格は変わらない。

なんだか嬉しくなって、クロスはベロニカの頭を撫でる。

「はわっ！　く、クロス……」

「ベロニカ、頭を撫でられるのが昔から好きだったよね」

「う……くぅん……」

頭を撫でられ、ベロニカは気持ち良さそうに喉《のど》を鳴らす。

「それに、首も」

クロスは、ベロニカの喉元を両手で挟み、優しく摩《さす》る。

「クロスぅ……クロス、クロス……」

ベロニカは、とろんと目尻を垂らし、クロスの名前を連呼する。

「クロスぅ！」

そして、ガバッとクロスに覆い被さってきた。

「ふんふんふんふん！　クロス、クロス！　ふんふん！」

「あははは！　くすぐったいよ、ベロニカ！」

クロスの首に鼻先を押しつけ、ベロニカは荒く呼吸を繰り返す。

『クロス……』

「どうしました？　女神様」

『いえ、あなたは多分、大型犬とじゃれ合っているくらいの感覚なのかもしれませんが……これは、端から見ると結構凄い光景になっているな、と思いまして……』

「ボス！」

そこで、再び部屋のドアが開いた。

「今、デカい声が聞こえましたが！　大丈夫ですか⁉」

「勝手に入るなと言っているだろ！」

ベロニカは、既に腕組みをしてソファの横に立っていた。

相変わらず素早い。

しかし、怒った表情を浮かべながらも、顔の紅潮は隠し切れていないようではある。

「す、すいません……！」

「何度も言うが、この人はオレの大事な客人で、今大切な話の最中なんだ。もし、次に邪魔をしたら……」

ベロニカが牙を剥《む》き、その鋭い爪がギラリと光る。

部下は「し、失礼しました！」と叫んで部屋を出ていった。

「まったく……」

「慕われているんだね、ベロニカ」

溜息を漏らすベロニカに、クロスは微笑む。

「それで、ええと……なんの話の最中だったっけ……」

「クロスと遊んでる最中だった」

「いや、それもそうだったかもしれないけど、そうじゃなくて……」

クロスは、そこで思い出す。

そう、本題はこっちの方だ。

「ベロニカ、僕が《邪神街》のガイドとなる上での証明……後ろ盾になって欲しいっていう話だけど」

「うん、いいぞ」

さらり、と、ベロニカは言った。

『判断が早い！』

後ろから、エレオノールが律儀に突っ込んでくれた。

「そんなに簡単に……いいのか？」

「要は、冒険者が任務なんかで《邪神街》に来る際に、クロスも一緒に同行して、オレが情報を提供したり、ここで何かをする際にはオレが支援者として名前を貸せばいいんだな？」

「あ、うん、そうなる」

どうやら、話はちゃんと聞いてくれていて――しかも、きちんと理解してくれていたようだ。

「構わない。オレは、クロスの力になれることがあるなら、是非協力したい」

そう言って、ニコリと――犬歯を見せて笑うベロニカ。

「それに、クロスが《邪神街》のガイドになったら、クロスと会える機会も増えるだろう？　だったら、むしろ嬉しい」

「ベロニカ、ありがとう……」

クロスは、ベロニカの好意に胸が詰まる気分だった。

「だから……」

そこで、ベロニカはソファの上で、ころんと体を丸め、クロスの膝の上に頭を乗せた。

「クロス……久しぶりに会ったばかりだけど、オレからもお願いがあるんだ」

「お願い？」

「うん……今夜は、クロスと一緒に寝たい」

「……」

子供時代――天涯孤独の身だったクロスにとって、この《邪神街》において、家族は同じく孤児の仲間の、ベロニカ達だけだった。

皆で力を合わせ、助け合い、この劣悪な環境で生きてきた。

身を寄せ合って、互いの体温で暖を取り合った、あの頃を思い出す。

「うん、いいよ」

クロスは、ベロニカの頭を優しく撫でる。

「えへへ、クロスぅ、クロスぅ……」

ベロニカは、心の底から嬉しそうに、クロスの名前を繰り返していた。

＋＋＋＋＋＋＋＋＋＋＋＋＋＋＋

「……ううん……」

クロスは目を覚ます。

気付くと、窓から朝日が注いでいた。

ここは、ベロニカの部屋。

大きなベッドの上で、クロスは体を起こす。

「えへへ……クロス、追いかけっこだぁ、クロスぅ……」

横を見ると、体を丸めてベロニカが寝ていた。

そうだ。

昨夜は、彼女の要望で久しぶりに一緒に寝たのだった。

嬉しそうに寝言を発してるベロニカの頭を、クロスは微笑みながら撫でる。

『うふふ、昨夜はお楽しみでしたねぇ』

そこで、ふわりとエレオノールが現れて言った。

「ええ、久しぶりにベロニカと再会して、昔話もして、本当に楽しかったです」

『いや、そういう意味ではなくて……まぁ、いいですけどね』

クロスはベッドから下りると、うーん、と背伸びをする。

そして、ソファの脇に置いてあった鞄を開けて、中を探ると――一枚の書類を取り出した。

『そういえば、冒険者ギルドにそれを提出しないといけないのでしたっけ？』

「ええ」

この《邪神街》に来る前に、冒険者ギルドでガイドの相談をした際、受付嬢のリサからこの書類を預かったのだ。

つまり、この地において狼の獣人のトップ——ベロニカが、クロスの支援者になったという証明をするための、契約書のようなものである。

ベロニカの血判と、クロスの血判を押す欄があり、それで契約が結ばれるのだという。

この契約書も特殊な《魔道具》らしく、故に、この契約はかなり信頼性の高いものとして認められるのだとか。

支援者を得たという証明をする際には、この契約書の提出が義務づけられている。

なので、相手方の同意を得るのが難しく、ガイドになるのもそう簡単なことではないと、リサは言っていた。

『しかし、あのわんわん娘からサインをもらうのは簡単そうですし、これでクロスもスキルアップ間違い無しですね。ふふふ、神聖教会のベルトル司祭の鼻を明かしてやりましょう』

「女神様、悪い顔してますよ。それに、まだベルトル司祭が僕の昇格の邪魔をしていると決まったわけではないですし」

裏事情を知らないクロスは、素直にそう言う。

「さてと……ちょっと、外を散歩してきましょうか」

『おや？　わんわんは起こさなくて良いのですか？』

クロスは、安らかな顔で眠るベロニカを見詰める。

「はい、せっかく気持ち良く寝ているのですから、今はそっとしておきましょう」

そう言って、クロスはそっとベロニカの部屋を出た。

アジトの入り口に向かう最中、何名かの獣人達と顔を合わせた。

皆が一様に「おはようございます！」と、大きな声で挨拶しお辞儀をしてくれる。

「昨日はすいませんでした！　ボスのご友人の、噂に聞くあのクロスさんとも知らず！」と、最初に路地で絡まれた時の獣人もいて、そう言われた。

クロスは彼らとも挨拶を交わしつつ、アジトを出た。

相変わらず、《邪神街》の空は曇っている。

日の光は弱い。

だが、やはり懐かしさが勝つ。

クロスは、久しぶりの《邪神街》の雰囲気を肌で感じながら、どこかノスタルジーに浸るように、街中を見て回る。

すると――そこで。

「ん？」

ある通りに差し掛かったところで、何やら揉め事が起こっているのに気付く。

数人の亜人達が、何かを取り囲んで肩を怒らせている。

こんな朝早くから、なんだろう――と思っていると。

「我々は人を探しているだけだ！　お前達の相手などしている暇は無い！」

「あぁ!? 人間の女どもが、何刃向かおうとしてんだ！」

『……なんだか、今聞き覚えのある声が聞こえましたね』

「まさか……」

クロスは、急いでその場に向かう。

すると――。

「あ、クロスさん！」

「クロやん！」

「クロス様！」

「マーレットさん！ ミュンさん！ ジェシカさん！」

ガラの悪い亜人達に囲まれていたのは、クロスの仲間の三人娘だった。

「どうしてここに……」

「なんだぁ？ また人間が出てきたぞ？」

亜人達が、クロスの方を向く。

「お、おい、こいつ！ 確か、昨日騒ぎになってた、ベロニカの！」

そこで、数名の亜人が、クロスを見て騒ぎ出す。

「さっき、こいつ、狼の獣人一派のアジトから出てきたのを見たぞ！」

「だとしたら、やっぱりベロニカの知り合いなのか……」

「やべぇ、手ぇ出すんじゃねぇぞ……」

亜人達は、すごすごとその場から去っていった。

どうやら、ベロニカの名前の力は確かに凄いようである――と、思い掛けず立証される形となった。

しかし、今はともかく――。

「三人とも、どうしてここに？」

「ご、ごめんなさい、クロスさんが心配になって……」

「クロやん、マジメやし優し過ぎるから、悪い奴に騙されてないか不安になったんや」

「まぁ、我々の杞憂《きゆう》だったようだがな」

三人は、クロスの姿を見て安堵したように微笑む。

「皆さん……」

わざわざ自分を追い掛けてきてくれた彼女達に、クロスも嬉しくなる。

「ここに来るまで、大変だったでしょう？」

「そうなんよ！　あんな岩山だらけとは思わんかったわ！」

「途中で馬車も動けなくなって、結局辿り着くのに一晩かかっちゃいました」

「クロス様は問題無く、しかもすぐに辿り着いたのだな、流石だ」

そう――《邪神街》の真ん中で、四人は和やかに笑いながら話を交えていた。

++++++++++++++

――その、少し前。

「……えへへ……クロスぅ……ハッ！」

ベッドの上で、ベロニカが目を覚ました。

そして、横にクロスがいないことに気付く。

クロスの匂いも、近くに無い。

「クロス、どこ⁉」

ベロニカはクロスの残り香を追って、部屋を飛び出す。

「わ、ボス！　どうしたんですか――」

凄まじいスピードで部下達の間を駆け抜け、アジトの外へ。

匂いを追って、通りを駆けていく。

もうすぐだ！

クロスの匂いが強くなる。

あの路地の角を曲がった先だ。

ベロニカは安心しながら、角を曲がる。

「っていうか、クロやん寝癖ついてるで？」

「え、本当ですか？」

「ほら、頭下げてみ」

「あ、ずるいですよ、ミュンさん！　どさくさに紛れて、クロスさんの頭撫でてる！」

そこで、ベロニカは人間の女達に囲まれているクロスを発見した。

仲睦《なかむつ》まじく、微笑ましく、クロスも満面の笑顔を浮かべて、彼女達と楽しそうに接していた。

「……クロス？」

＋＋＋＋＋＋＋＋＋＋＋＋＋

「やっぱりオレは、クロスが冒険者として働くことに反対するっ！」

「………え？　ベロニカ？」

それは、クロスがマーレット達と共に狼の獣人のアジトへと戻った直後のことだった。

同じ冒険者で、パーティーの仲間であるマーレット達をベロニカに紹介し、支援者となってもらうべく契約書の記入捺印《なついん》に移ろうと考えていたクロス。

しかし、帰ってきたクロスに、いきなりベロニカがそう言い放ったのだった。

『え？　おやおや？　どうしたのですか？　雲行きが怪しいですよ？』

「……僕にもわかりません」

そこは、この頑強な砦の如《ごと》き根城の中にある、大きな中庭。

仲間の獣人達と共にそこにいたベロニカは、クロスの姿を見ると「う、うう……」と唸り声を発し、直後に先程の言葉を断言したのだ。

ベロニカの発言に、マーレット達も、仲間の獣人達も驚いている。

「どういうことなん？　クロやん、話が違うで？」

ミュンが戸惑いながら言う。

彼女達も、ここに来るまでにクロスから説明を受けている。

ベロニカはクロスの友人で、今やこの《邪神街》の中でも有力者の一人。

ガイドを務める上での支援者として、申し分ない立場の人物だろう。

そして、クロスにもとても友好的で、喜んで協力者になってくれると言っていた——と。

「ぼ、ボス、どうしたんですか？」

「クロスさんと、何かあったんですか？」

仲間の獣人達も、心配そうにベロニカを見ている。

「あ……う、うう……」

対し、渦中のベロニカは唸るばかりだ。

「ベロニカ、どうしたんだ？」

クロスは心配そうに、ベロニカへと声を掛ける。

「僕、何か気に障るようなことをしたかな？」

「い、いや、そういうわけじゃ……」

「何か酷いことを言ったり、したり……ごめん、思い付かないんだ」

「う、ううううう……お、オレは！」

ベロニカは、どこか誤魔化すように必死に叫ぶ。

「クロスが冒険者であることに反対だ！　だから、支援者にもならない！　反対！　反対！」

「ベロニカ……」

何が、彼女をこんなに躍起にさせてしまっているのだろう。

クロスも、困惑する。

「そうか……わかったぞ」

　そこで、獣人の中の一人が口を開いた。

「ボス、つまりこういうことですね。ボスはクロスさんに、やはりこの《邪神街》を支配する帝王の立場を目指して欲しいと」

「え？」

　仲間から発せられた言葉に、ベロニカはキョトンとする。

　クロスは、その獣人の言いたいことを分析する。

　ベロニカは、元々クロスが《邪神街》を支配する強大な存在となるために、外の世界へ修行に出たと思っていた。

　そしてその仲間達も、ベロニカから古い友人のクロスを語られる際に、そう説明がされていた。

　ベロニカも獣人達も、クロスが《邪神街》に戻ってきた理由は、そのためだと思っていた。

　だが蓋を開けてみれば、クロスは冒険者という仕事に甘んじている。

「つまり、ボスはクロスさんにこう言いたいんだ！　クロスさん！　あなたこそ、この《邪神街》を統治するに相応しい存在！　ボスも、そのためにこの狼獣人の一派を束ねるまでになった！　だから、冒険者なんて辞めて自分と一緒に高みを目指そう！　そういうことですね⁉」

「え、ええと……」

　仲間に言われ、ベロニカはあたふたとしている。

　しかし、やがて――。

「……そ、そうだ！」

ベロニカは、ギュッと目を瞑って大声で叫んだ。

「クロス！　オレと一緒に行こう！　オレと一緒に、《邪神街》を制覇しよう！」

「お願いします、クロスさん！」

「クロスさん！」

「ええ……」

仲間の獣人達も、一緒になってクロスに頼み込んでくる。

『うわぁ……なんだかとんでもないことになってきましたよ、クロス』

「は、はい……」

クロスは、盛り上がる獣人達の中にいる、ベロニカを見る。

彼女は顔を真っ赤にし、フルフルと震えながらクロスを見詰めている。

本当に、今の言葉が、彼女の本音なのだろうか？

そうは思えないのだが……。

「クロスさん……」

「クロやん」

「クロス様」

名前を呼ばれ、クロスは後ろを振り返る。

マーレット、ミュン、ジェシカ。

三人が、不安そうにクロスを見詰めていた。

「……」

彼女達は、クロスがこのまま冒険者を辞め、かつての友人と、獣人達と一緒に行ってしまうのではないか……そう思って、不安になっているのかもしれない。

「わ、私、もっとクロスさんと……」

「マーレットさん」

クロスはそこで、真っ先に声を発そうとしたマーレットに、優しく微笑む。

「大丈夫です、心配しないでください」

「クロスさん……」

「まずは、彼女の真意を知りたい。ちゃんと話し合いたいと思います」

そう言って、クロスは向き直る。

「く……ダメだ、クロスさんの気持ちは揺るがねぇ」

「こうなったら……お前ら！」

「おう！」

すると、そこで。

ベロニカの方へと行かないクロスの姿を見て、獣人達が動いた。

何十人もの獣人達が、一斉に動いてクロス達を取り囲んだ。

「え？　あの、まずは話を……」

「クロスさん、俺達狼の獣人が揉めた際、どちらの言い分を通すか決める時の判断基準……知ってますか？」

「さぁ……」

「それは……『素直に殴り合って勝った奴が偉い！』っす！」

「………」

『なんという脳筋種族！』

エレオノールが叫ぶのも無理は無い。

つまり、彼らがしようとしているのは――。

「俺達と戦って、俺達が勝ったらボスの言うとおりにしてください！」

そう言って、獣人達が飛び掛かってきた。

「な、正気かこいつら！」

「っていうか、こっちはまだ了承してへんし!?」

「クロスさん！」

「……わかりました」

瞬間、だった。

クロスの発動した《光膜》が、マーレット達をドーム状に包み込み守る。

そして同時、クロスは手中に《光刃》と《光球》を発動。

襲い掛かってきた獣人達を、光の剣で切り裂き、光の弾丸で撃ち抜いた。

「ぐはっ！」

攻撃を受けた獣人達が、地面に倒れる。

「ここでは、あなた達のルールに従った方がわだかまりも無さそうです。勝負といきましょう」

「うおおおおおおおおおおおお！」

獣人達が、次々にクロスへと飛び掛かる。

屈強で頑丈な肉体を持ち、鋭い爪や牙を併せ持つ、狼の獣人。

その戦闘能力は、多くの亜人種の中でも高い方に位置する種族だろう。

だが――。

「ふっ！」

それでも、クロスの方が格は上だ。

「凄い……」

《光膜》に守られた結界の中で、三人はクロスの一騎当千ぶりを唖然と見詰めていた。

流れるような体捌きで動き、獣人達の攻撃を躱す。

そして擦れ違いざまに、《光刃》が彼らの体を一閃で切り裂く。

更に《光球》は周囲を旋回させ、牽制の役割を果たしている。

一人、また一人と、クロスの攻撃により獣人達が倒れていく。

「で、でも、これだけの負傷者を出したら、たとえ勝ったとしても獣人達との間に遺恨が残るんじゃ……」

「いや、見ろ」

不安点を吐露するマーレットに、ジェシカが言う。

見ると、クロスの攻撃を受け地面に倒れた獣人達は、皆、誰一人傷を負っていない。

気絶こそしているが、裂傷も弾痕も無い。

「《治癒》だ。クロス様は、最低限の攻撃で獣人達を仕留め、なおかつ瞬時に《治癒》も行い、傷も治しているんだ」

「……凄い」

どれだけの時間が経っただろう。

中庭には、何十人もの獣人達が倒れている。

「つ、つえぇ……」

「なんて人だ……」

「これが、ボスの話の中でしか聞いたことのなかった、クロスさんの力……」

残った獣人達も、既に戦意を失っている。

「ふぅ……」

クロスは額の汗を拭《ぬぐ》い、手の中の《光刃》と《光球》を解除する。

二つの魔法を同時に発動し、なおかつ瞬発的に連続して《治癒》を掛け続ける――それには、クロスと言えどもかなりの集中力を要する。

クロス以外の魔法使いに、そんな芸当のできる者など、いるのかも怪しいレベルである。

「くそっ……どうする」

「こうなったら、残りの奴らで一か八か特攻して……」

「お前達、下がってろ」

そこで、だった。

獣人達の間から、ベロニカがやって来た。

「ボス！」

「……オレも戦う」

「ベロニカ……」

クロスは、ベロニカを見る。

ベロニカは、何かを決意したような目をクロスに向ける。

『『素直に殴り合って勝った奴が偉い』……そうだ、そのとおりだ……クロス！」

瞬間、ベロニカが叫ぶ。

「オレと一騎打ちだ！　もしクロスが勝ったら、冒険者を続けることを許す！　ガイドの支援者になる契約書にもサインする！」

「ベロニカ、本気か？」

「本気だ！　その代わり……」

そこで一瞬詰まると、次の刹那。

ベロニカは顔を真っ赤にし、両目をギュッと瞑って、叫んだ。

「もしオレが勝ったら！　……お、おお……お、オレと！　ツガイになってくれ！」

「……」

ベロニカの宣言に、引き下がった獣人達も、観戦中のマーレット達も、ポカンとする。

「つ、ツガイ？　ツガイって言いました？　今」

「えーと、どういうこと？　ジェシカ、解説してや」

「……わからん」

混乱するオーディエンス達。

そんな中で、クロスは――。

「わかった！」

ベロニカの言葉に、そうハッキリと返した。

「ええ!?　く、クロスさん!?」

あまりにも素直に了承したことに、マーレット達は困惑する。

『ちょ、ちょちょ、ちょっと、クロス!?　自分が何を言っているのかわかっているのですか!?』

流石のエレオノールも慌てている。

「わかっています。ベロニカは、それくらい本気ということです」

クロスは言う。

どこか、そんなベロニカの言葉を懐かしむように。

「昔から、ベロニカは僕と遊びで勝負をするとき、ああ言って自分を追い込むんです。そして、そういう時、彼女はいつも以上の力を発揮する。僕も時々負け掛けたりするほどでした。つまり、理由はわかりませんが、それだけ本気だということ」

クロスは、構える。

「まずは戦って、その後、彼女の真意を聞きます。どちらにしろ、こうなったらベロニカは止まりませんから」

『いや、えーと……多分、あの娘、本当にクロスとツガイになりたいのだと……』

「ほ……本当か？」

そこで、クロスの返事を聞いたベロニカは――。

「う……ウォオオオオオオオオ！」

その全身から、闘気を滾《たぎ》らせ、前傾姿勢となった。

重心を落とし、腰を屈《かが》め、しかしその目は真っ直ぐクロスを見る。

「クロス……絶対、絶対に勝つ！」

「来い、ベロニカ！」

かつて、幼い頃、何度も勝負した——あの頃のように。

いや、あの頃よりも、何倍もの実力と、何倍もの本気を漲《みなぎ》らせ。

ベロニカが、クロスへと襲い掛かる。

「ウォオオオオ！」

ベロニカの雄叫びが中庭に轟く。

咆哮《ほうこう》と威圧感が衝撃となって周囲に広がり、間近でそれを浴びた獣人達が思わず後ずさりした。

「すごっ……あれが、《邪神街》の狼獣人を束ねるボス……」

クロスの張った《光膜》の結界も、その衝撃でビリビリと戦慄《わなな》いている。

内側で、ベロニカの迫力を目の当たりにし、ミュンが感嘆の声を漏らした。

「ああ、流石……その名に負けない、強者の佇《たたず》まいだ……」

隣、ジェシカが組んだ腕にギュッと力を込め、ベロニカの姿を凝視する。

「クロスさん……」

マーレットは、クロスの姿を心配そうに見詰めている。

『理由はどうであれ、向こうも本気のようです』

戦意を滾らせるベロニカを前に、エレオノールがクロスへと囁く。

『クロス、彼女に勝たなければ、ここまでの道程が水の泡です。絶対に勝つのですよ』

「はい、わかっています」

クロスは構えを取る。

「ッ！」

瞬間、ベロニカが地面を蹴った。

一瞬にして、その姿が全員の視界から消え、クロスのすぐ目前に肉薄。

「速っ！」

ミュンが叫ぶ。

「ボス、マジの本気だ！」

獣人達も叫ぶ。

そんな中、クロスは瞬時、目前に《光膜》を張って防御の態勢に入る。

しかし、既にその時には、ベロニカはクロスの背後へと回り込んでいた。

『あれ、消えた――って、うぎゃあっ！　クロス！　後ろ！』

エレオノールの甲高い悲鳴が響くと同時に、ベロニカの鋭い爪がクロスに襲い掛かる。

「大丈夫です」

既に、クロスは背後に《光膜》を張っていた。

ベロニカの爪が、光の壁にバシッと弾かれる――。

「ウォォッ！」

いや、弾かれると同時、ベロニカはもう片方の腕で拳を作り、全力のパンチを繰り出していた。

粉砕音を響かせ、クロスの《光膜》が粉々に砕け散った。

「うそっ⁉」

「クロスさんの《光膜》が！」

ミュンとマーレットが思わず叫ぶ。

ジェシカも、驚愕の表情を浮かべる。

「アァッ！」

ベロニカの猛攻は止まらない。

阻むものの無くなったクロスに、両腕が伸ばされる――。

が、それよりも早く。

クロスは《光膜》が破壊されるのを見越していたかのように、足下に小型の、別の《光膜》を展開していた。

光の板に足を乗せ、弾かれ、一気にベロニカから距離を取る。

着地し、構えを作るクロス。

ベロニカも、油断なくクロスに視線を向けたまま、前傾姿勢を維持。

「い、一瞬の攻防過ぎて、見えなかったぜ……」

「ボスも、クロスさんも、何をしたんだ？」

すっかりギャラリーと化した獣人達が、異次元過ぎる二人の戦いを前にざわめいている。

「ふぅ……強くなったな、ベロニカ。本当に」

油断なく構えを継続しながら、クロスが微笑みを湛えて言う。

「ウルルゥ……クロス……」

一方、ベロニカはそんなクロスを見据えて喉を鳴らす。

「勝つ、絶対に勝つ。クロスは、オレのクロスだ。勝って、クロスを――」

どこか正気を失い掛けているかのように、その目には熱い意志が宿っている。

「ウガァァッ！」

咆哮と共に、再びベロニカの姿が消えた。

更に速く。

誰の目にも追えない速度で、クロスに一瞬で接近――。

「僕も、少し奥の手を出さないといけないな」

そう、呟いたクロスの眼前に、《光膜》が展開。

その《光膜》の壁も、ベロニカの一撃で再び破壊される。

そしてそのまま、クロスに爪が伸びる――。

「クロスさん！」

マーレットの叫び声が響いた。

しかし――。

「――エ？」

ベロニカの手がクロスに届くことはなかった。

気付いたときには、既にそこに、クロスの姿は無かった。

「！」

ベロニカの動体視力をもってしても、見失ってしまった。

どこに――。

ベロニカは、慌ててクロスの匂いを探る。

後方だ。

ベロニカが振り返ると、少し離れた位置にクロスが立っていた。

自身の胸に、手を当てて。

「《活性《ブースト》》」

クロスの体の表面から、光が湧き立って見える。

クロスの体が光に覆われている……というより、内側から光が漏れ出ているかのような、そんな姿だった。

「あれは……《活性》の魔法か？」

それを見て、ジェシカが呟いた。

「《活性》……確か、中級《光魔法》の……」

ジェシカに、マーレットが言う。

「ああ、人間の生命力を高め、身体能力を向上《バフ》させる魔法だ。上級魔法には《高位活性《ハイ・ブースト》》という複数名をパワーアップさせるものもある。だが、あれは……」

ジェシカは、クロスの姿を興味深く見遣る。

「おそらく、《高位活性》以上の効力をもたらしているだろう……クロス様は、自分自身の身体能力を高めているのだ。しかも、途轍もないレベルで」

『クロス！　久しぶりですね、この魔法を使うのは！』

《活性》の掛かったクロスの背後で、エレオノールが騒ぐ。

「使った後は肉体疲労も溜《た》まりますし、長時間の使用は翌日の仕事にも響くので、極力体を鍛える方向で使わないようにしていましたが……相手がベロニカとなれば、背に腹は代えられません」

「グルルゥ……」

警戒するように姿勢を落とすベロニカに、クロスも同様の姿勢を取る。

「……早々に終わらせましょう」

刹那、クロスとベロニカが、同時に地を蹴った。

二人は、ギャラリー達が意識できない速度で衝突。

中庭に、凄まじい音と衝撃波が発生する。

「グゥッ！」

ベロニカが悲鳴を上げる。

接触した瞬間、クロスは加速した体術で、彼女の全身に衝撃を叩き込んでいた。

肩や腕、胸、足――満遍なく打撃を与え、ベロニカの体が宙に浮く。

「クロ――ス――」

慌てて、クロスの姿を追おうとするベロニカ。

が、既にクロスは、彼女の背後に回り込み――。

「ふっ！」

ベロニカの足に、蹴りが打ち込まれた。

「あっ！」

バランスを崩され、ベロニカは背中から地面に倒れる。

仰向けの姿勢。

見上げた先には、クロスの姿がある。

クロスの手が、ベロニカに伸びる。

動こうとするが、ダメージで体が素早く動かない。

反応がコンマ遅れる。

——やられる。

敗北を覚悟し、ベロニカは目を瞑る。

瞬間——。

「よーしよしよし！」

クロスが、ベロニカのお腹を撫で回した。

「くぅん！」

思わず、ベロニカは甘えた声を漏らす。

「ベロニカ、お腹が弱いのは昔から変わらないな。ほら、気持ちいいかい？」

「くぅん、くぅんくぅん！」

ベロニカは、お腹を撫で回され、すっかりご機嫌な声を上げ続ける。

犬にとって、お腹を見せるのは服従のポーズ。

即ち、敗北の姿勢である。

「ぼ、ボス？」

そんな彼女の姿を、部下の獣人達は唖然と見ている。

「あ、ち、ちが、これは……」

部下達の前では毅然とした態度を維持しようとしていたベロニカは、そこで気付くが、もう遅い。

「ほら、確か特に脇腹が弱かったよね、ベロニカ」

「きゅぅぅぅん！」

もうすっかり、クロスに手玉に取られ、完全にわんこと化していた。

誰の目から見ても負けである。

『クロス、わんこに対しては若干Sですね』

そんな光景を見て、エレオノールは一人、場違いなコメントを呟いていた。

++++++++++++

「勝負は……うぅ……オレの負けだ」

その後。

ベロニカは、正式に負けを認めた。

まぁ、部下達の前であんな姿を晒してしまえば、もう言い逃れはできないだろう。

「約束どおり、クロスの冒険者続行は認める。支援者として契約書にも血判を押す」

「あ、う、うん、ベロニカ……」

クロスは、少々戸惑った声を漏らす。

現在――クロス、及びマーレット、ミュン、ジェシカの三人の前には、中庭の地面に座り込み、まるでクロスに忠誠を誓うように並ぶ、ベロニカと獣人達の姿がある。

これは、何気に凄まじい光景だ。

《邪神街》の一角を担う派閥――狼獣人の一派が、揃って平伏の姿勢を取っているのだから。

「ベロニカ……それに、皆さんも、とりあえず立ってもらって構いませんか……」

「いえ！　こちらこそ、ボスとクロスさんがあのような関係だとは知らず、すいませんでした！」

「あのような関係？」

何故か頭を下げ続ける獣人達に、クロスは「？」を浮かべる。

「いえ、僕とベロニカは対等な友人で……」

「いえ、ご謙遜《けんそん》なさらず！　ボスにとって、クロスさんがどれほどの存在かということは、先程のお二人のやり取りを見ればよくわかります！」

「我ら、狼獣人一同、クロスさんへ極大の忠誠心を持って従わせていただきます！」

「……ええ。いや、僕は別に、普通に冒険者としてやっていきますので、皆さんは皆さんで頑張っていただいて全然良くて……」

『クロス、クロス、ここは受け入れましょう』

困惑するクロスに、エレオノールが後ろから言ってくる。

『祝！　クロスは広域指定暴力団、獣人組の頭となった！』

「女神様の言っていることとは、相変わらずよくわかりませんが……僕は別に彼らを配下に置きたいとは思っていません」

クロスはそこで、どこか落ち込み気味のベロニカに視線を向ける。

「ベロニカ。なんだか、よくわからない内に勝負をする形にはなっちゃったけど……僕は単純に、ベロニカに僕の仕事を応援して欲しいだけなんだ」

「……クロス」

ベロニカは、クロスを見上げる。

「クロス……わかった、クロス、オレ、認める」

「うん、ありがとう、ベロニ――」

「オレ、クロスのツガイになるのは、諦める！」

その代わり――と、ベロニカは叫ぶ。

「オレを、クロスの群れに入れてくれ！」

「……群れ？」

ベロニカの言い出した言葉に、クロスも、マーレット達もポカンとする。

「ベロニカ、群れとは……」

「そ、その人間達は、クロスの群れなんだろう!?」

マーレット達を指さし、ベロニカが叫ぶ。

「お、オレも、クロスの群れの一人にして欲しい！」

「……えーっと、もしかしてやけど……彼女」

「私達のこと……その、クロスさんの……」

「……うむ、そう勘違いしていたようだな」

ベロニカの言いたいことがわかったのか、マーレットも、ミュンも、ジェシカも、少々恥ずかしそうに頬を染める。

「違うよ、ベロニカ」

しかし、そこでクロスがハッキリと言い放った。

「彼女達は、僕のパーティー。冒険者として一緒に仕事をする、僕の仲間だ。群れじゃない」

「なか、ま……？」

「僕を心配して、わざわざ追い掛けてきてくれたんだ」

クロスが振り返って、マーレット達を見る。

「とても優しくて思い遣り深い、僕の大切な仲間達だ」

「クロスさん……」

「まぁた、クロやんはそうやって恥ずかしいことを……」

「ふふっ、光栄だ、クロス様」

クロスの言葉に、少しキョトンとした後――三人は満更でもない笑顔を浮かべた。

「な、なんだ、そうだったのか」

一方、クロスの言葉と三人の反応を見て、ベロニカはどこか安堵したように表情を綻ばせた。

「お、オレ、凄い勘違いしてた。てっきり、三人ともクロスの……」

「ん？　勘違いって？」

「な、なんでもない！」

顔から首まで真っ赤にして、ベロニカは慌て出す。

「そ、それよりも！　契約書！　オレがクロスの支援者になるっていう契約を、早くするぞ！」

そして、誤魔化すようにそう叫んだ。

「オレだけじゃなくて、この狼獣人の一派がクロスの後ろ盾になる。クロスが《邪神街》に関わる時には、協力を惜しまないからな。いいな、みんな」

「おおう！　クロスさん、俺達に任せてください！」

ベロニカが言うと、仲間の獣人達も声を合わせて盛り上がる。

――何はともあれ、一時ゴタゴタもあったが。

こうして、クロスはベロニカ達を支援者として、《邪神街》のガイドとなるための……そして、冒険者としてスキルアップするための、重要な武器を手に入れたのだった。

「……あれ？　それで、結局ベロニカは、どうして僕が冒険者になることに反対だったんだろう？」

クロスとベロニカの血判が押され、正式に契約が成立した。

そこで、一人そう呟くクロスに、マーレット達は思わず視線を向ける。

「……わかってないんや」

「クロスさん、鈍いですね」

「あの獣人のボス……ベロニカは、おそらくクロス様に好意を……」

と、そこまで言って、ジェシカは言葉を止める。

三人は目を合わせる。

クロスには言わないでおこう――と、意思疎通するような目で。

「ん？　僕がどうかしましたか？　皆さん」

「い、いえいえ、なんでもないです」

「多分やけど、ベロニカさんはウチらにちょっと嫉妬《しっと》しちゃったんちゃうかな？」

「うむ、仲の良い友達だったクロス様が、私達と仲睦まじく接しているところを見て、クロス様を取られたように感じてしまったのだろう」

「……そうだったのか」

クロスは、納得したように頷く。

「クロスには、すまないことをした」

そこで、部下達に何やら指示を出し終わったベロニカが、クロス達へと話し掛ける。

「仲間のみんなにもだ。繋がりができた以上、付き合いも増える。親睦を深めるためにも、今日はみんな、ここでゆっくりしていってくれ」

というわけで。

ベロニカを筆頭に、狼の獣人達に歓迎され、クロスと仲間達は彼らのアジトで過ごさせてもらうことになった。

マーレット達も獣人達と交流し、仲を深めることにする。

ミュンは中庭で獣人達と組み手をし、ジェシカは獣人達の武器庫で様々な武器を見せてもらっていた。

マーレットはクロスと共に、ベロニカに冒険者ギルドのことを説明する。

夜になったら、大したものは出せないが――と、ご馳走までしてもらって、獣人達と大規模な宴会となった。

実に、騒がしく楽しい時間を過ごした。

そして、翌日――。

「では皆さん、これからもよろしくお願いします」

目的を達成したクロス達は、獣人のアジトを後にする。

ここから過酷な道程を越えて、都まで帰るのだ。

「獣人の皆さん、昨日はお世話になりました」

「また、機会があったら手合わせしてや」

「興味深い武器を多く見せてもらった。感謝する」

「留守番は任せたぞ、お前達」

「「「………………ん？」」」

ちゃっかり、クロス達一行の側に立っていたベロニカが、部下達にそう言う。

「はい、ボス！」と、獣人達は元気良く返事をしているが、クロス達は首を傾げる。

「え、どうしてベロニカも？」

「冒険者ギルドに挨拶が必要だ。確かに契約書も作ったが、オレが直接顔を見せた方が、クロスが《邪神街》ときちんとした繋がりを持っているという何よりの証拠になる」

ベロニカは、胸を張ってそう言った。

確かに、それはそのとおりかもしれない。

『このわんわん、子供みたいに純粋なところもあれば、凄く知恵が回るところもありますね』

「流石、狼獣人を纏め上げてトップに立ってきただけのことはあります」

コメントするエレオノールに、クロスは――旧来の友人を誇るように、笑顔でそう返した。

というわけで――クロス、マーレット、ミュン、ジェシカ――それにベロニカも加わり、彼らは共に都へと向かう帰路についたのだった。

第4章　Aランク冒険者

「……ま、まさか……本当、なんですか？」

受付嬢のリサが、手に持った契約書と、目前に立つクロスを何度も見比べている。

ここは、クロス達の暮らす都の冒険者ギルド。

《邪神街》から一日かけて帰ってきたクロス達は、翌日、早速契約書をギルドへと持ち込んだのだった。

「ええ、一応、契約者本人も挨拶がしたいということで、こちらにいます」

「《邪神街》で、狼獣人を束ねトップに立っている、ベロニカだ」

クロスの隣、ベロニカが腕を組んでリサを見下ろしている。

その鋭い眼光と漂う威圧感を前に、リサはごくりと喉を鳴らした。

「オレが本人だっていう証明も必要か？」

「いえ、大丈夫です……この契約書は特殊な《魔道具》なので、押していただいた血判を元に諸々《もろもろ》の確認作業はできます。《邪神街》で狼の獣人がどれほどの規模の派閥なのかに関しても、冒険者ギルドで把握しているので今更調査の必要もありません」

リサは、どこか感動すら覚えているように、クロスを見遣る。

「まさか、本当に宣言どおり、《邪神街》のガイドになってしまうなんて……凄いです、クロスさん」

「正式な審査がまだですよね？　あくまでも、仮ですが」

「いえいえ、もう決まったようなものです！」

若干興奮気味に、リサは叫ぶ。

一方、そんな彼女達のやり取りを一緒に見ていたマーレット達は、顔を綻ばせる。

《邪神街》と繋がりを持つなんて、他のどの冒険者にも無いコネクションですよ」

「これは、スキルアップ間違い無しやな」

「リサ嬢、クロス様の保留になっていたランク昇格の件も、これで問題無く承認されるのでは？」

当然――というように、ジェシカが問い掛ける。

「はい、絶対に大丈夫だと思います！　私からも、強く進言します！」

リサは拳を作って、腕を大きく上下に振るう。

「これは、一体なんの騒ぎかね？」

すると、そこで。

クロス達の近くを、一人の男性が通り掛かった。

整った身なりの、恰幅《かっぷく》のいい中年の男性である。

彼を見て、リサが叫んだ。

「あ、支部長！」

どうやら、彼はこの冒険者ギルド支部のトップ――支部長のようだ。

「見てください、支部長！　先日話していた、クロスさんが《邪神街》のガイドになるという件！

見事、契約書を持ってこられました！」

「んん？　……クロス？」

支部長は、リサが突き付けた契約書を手に取り、訝るように目を通す。

そして、それが本物であると理解すると、大きく目を見開いた。

「じゃ……《邪神街》の有力者を後ろ盾とする契約を、結んだのか？　本当に？」

「ええ、本当です！　こちらの方が……」

「ベロニカだ。これから、冒険者ギルドが《邪神街》で何かしたい時には、クロスを通してくれ。我ら狼獣人の一派が、協力を惜しまない」

ズイッと顔を寄せて、そう宣言するベロニカに、支部長は思わず息を呑む。

「な、なるほど、確かにそれが本当であれば、凄いな……」

しかし、そこで、支部長はどこかバツが悪そうに視線を逸《そ》らす。

「クロス君のガイドの件は、また細かい審査を行い、確証が取れたら認定を……」

「いやいや、審査なんて必要ありませんよ！　こうして、狼の獣人のボスのベロニカさんが、直接挨拶に来てるんですよ⁉」

「この人、クロやんの古い友人なんや。調べたらすぐにわかるやろ」

「前々から、クロス様の処遇に関して不可解な点が多い。何故、そんなに審査ばかりを重ねて前に進まないのだ？」

支部長の煮え切らない対応に、マーレット達も騒ぎ出す。

「なんだ、こいつ。クロスが嘘を吐いてると思ってるのか？　なんなら、《邪神街》から狼の獣人を全員ここに連れてきてもいいぞ」

低い唸り声を発し、ベロニカが言う。

「支部長！　先日、クロスさんの提案で結界の《魔道具》を寄付した農村より、お礼状が届いているのはご存じでしょう！　これだけの成果を挙げている方を、どうしてここまで冷遇するのですか⁉」

更に、受付嬢のリサも食って掛かる。

「そうだ、そうだ！　俺も言ったはずだぞ！　もっとちゃんとクロスさんを評価しろ！」

更に、どこから湧いて出たのかバルジまでやって来た。

迫りくる皆の圧を受け、支部長は壁に密着し押し潰されそうになっている。

「み、皆さん、ちょっと落ち着きましょう……支部長さんも困っていらっしゃいますし……」

堪らず、クロスが皆を制しようとした。

そこで――。

「お？　なんだ、なんだ？　揉め事かい？」

その場に、声が響いた。

クロスが振り返る。

すぐ後ろに、男性が一人立っていて、その騒ぎを見て柔和な笑みを湛えていた。

『ん？　何者ですか？』

エレオノールが首を傾げる。

全身に年季の入った防具を纏い、背中には大剣を背負っている。

皺と傷の刻まれた顔、白髪の交じった頭髪から、年は壮年くらいであると思われる。

「が、ガルベリス殿！」

その男性を見て、支部長が声を上げた。

「も、申し訳ありません！　お迎えに伺おうとしたところ、ちょっと騒動に巻き込まれてしまい！」

「ガル……ベリス」

その名前を聞いた瞬間、マーレットも、ミュンも、ジェシカも、バルジも、リサも、すぐさまバッと支部長から離れて直立の姿勢になった。

皆の間に、緊張が走っているのがわかる。

「ええと……すいません、自分は初対面なので、存じ上げないのですが……」

クロスは、思わずそう零す。

「く、クロスさんはご存じないですよね、この方は――」

受付嬢のリサが、説明しようとする。

「ああ、いいよいいよ、自己紹介くらいできるさ」

男性は軽快に笑いながら、クロスに向き直った。

「俺はAランク冒険者のガルベリス。しばらく、任務でこの都を離れていたんだが、わけあって帰ってきたんだ」

「Aランク、冒険者……す、凄い方なのですね」

クロスは、思わずキラキラした目で彼を見る。

ガルベリスは、「ははっ、ありがとう」と言って、改めて支部長の方を見た。

「それで、ええと、どうしたんだい？　何か揉め事でもあったのかな？」

「いや、ええと、その……」

「ガルベリス様、実は――」

そこで、リサがガルベリスに、これも何かの縁と状況を説明した。

先日、冒険者になったばかりのクロスが今日までに積み上げてきた功績の数々を列挙し――にもかかわらず、一向にランクを昇格させてもらえず、不遇を強いられていると。

「ふむふむ、なるほどなるほど、マザークラスのガルガンチュアの討伐に、その《核》から採れた報酬の《魔石》を使って結界の《魔道具》を作成し農村に寄付。大量のモンスター討伐任務を既に幾つもこなし、《極点魔法》の使い手で、しかも《邪神街》の顔役の一人とも契約を結んでガイドの資格も承認待ち……」

リサの語った功績を繰り返し、ガルベリスは言う。

「……え？　いや、普通にAランク相当の実績と実力じゃね？」

「「「そうですよね!?」」」

断言したガルベリスに、マーレット、ミュン、ジェシカ、バルジも追従する。

「というか、バルジ、あんたどこから生えてきたんや」

「クロスさんが帰ってきたから挨拶に来たんだろ！」

「いや、説明になってへんで？」

「何？　何か、昇格できないのに理由があるのかい？」

騒ぐミュンとバルジは一旦置いといて、ガルベリスが支部長に問う。

「い、いや、別にランクアップをしないとは言っていません！　ただ、審査に時間が……」

「というか……」

そこで、ガルベリスはクロスに向き直る。

「そうか、君が、例のガルガンチュアのマザーの一件に関わってるっていう、クロス君だったのか」

「え？　僕を、ご存じなんですか？」

疑問符を浮かべるクロスに、ガルベリスは言う。

「ああ、俺がここに戻ってきた理由は、君に会うためなんだ。その件で、君に聞きたいことと……できれば、協力してもらいたいことがあってね」

++++++++++++++

「悪いね、会って早々、いきなり仕事の話で」

冒険者ギルド内。

あるテーブル席に腰掛け、Aランク冒険者――ガルベリスが向かい合うクロスへと言った。

「本当なら、挨拶も兼ねて少しは親睦を深める食事会でもってのが礼儀だとは思うんだけど、何分、今回の一件は早急な対応を要する案件でさ」

「いえいえ、ご丁寧にありがとうございます。僕は、大丈夫ですので」

おそらく、一回り近く年上だろうガルベリスの言動は、落ち着きがあって熟練の雰囲気が感じられる。

流石、この国に数えるほどしかいないAランク冒険者の一人だ——と、クロスはどこか感動するように彼を見詰めていた。

「ここ数ヶ月、任務の関係でこの都を離れていたんだが、マザークラスのモンスターが出現したって報を聞いて、急いで帰ってきたんだ……あー、ええと」

そこで、ガルベリスは正面のクロスから視線を外し、クロスの後ろの方を見る。

「クロス君、彼女達は？」

「あ……」

クロスは振り返る。

そこに、まるでクロスの付き添いのように、数名の女性達が立っているのだ。

「初めまして、ガルベリスさん。私は、クロスさんの所属するパーティーでリーダーを務めております、Dランク冒険者のマーレットといいます」

その中から、まずマーレットが挨拶をした。

緊張しているのか、少し表情を強張らせながら。

「同じく、同パーティーのミュンです」

「同じく、同パーティーのジェシカです」

加えて、ミュンとジェシカも挨拶をする。

「同じく、クロスさんのファンのCランク冒険者、バルジです」

「いや、お前は関係無いやろ」

自然と帯同し挨拶するバルジに、ミュンが軽く蹴りを入れる。

「オレは《邪神街》で狼の獣人の一派を取り纏める者。クロスとは古い友人で、クロスが《邪神街》のガイドを務める上での支援者となった。ベロニカだ」

更に、ベロニカも挨拶をする。

「その……クロスさんが倒した、ガルガンチュアマザーの一件は、私達も同任務に挑んでおり、関係のある立場なんです」

「できれば、お話を一緒に聞かせていただきたい」

そう、真剣な目で訴えるマーレット達に、ガルベリスは「ほう」と感心する。

「まさか、マザークラスの関わる任務に、君達のようなか弱い女の子達が関わっていたとは……」

「彼女達の実力は確かなものです。実績に劣っているものではありません」

「疑っているわけじゃないさ」

すかさずフォローを入れるクロスに、ガルベリスは微笑む。

「ただ、これはありがたいと思ったんだ」

「ありがたい？」

「ああ、今回の件で生存者がいるというのは、それだけで儲《もう》けものだ。不躾《ぶしつけ》な物言いをしてしまいすまなかった。是非、君達にも協力をしてもらいたい」

ガルベリスが頭を下げる。

マーレット達が慌てて「は、はい、よろこんで」と答える。

『なんというか……Aランク冒険者って、相当地位の高い人ですよね？　にしては、偉ぶっていないというか』

「ええ、物腰も柔らかく、善い人です」

　エレオノールと共に、クロスは言う。

　目前のガルベリスは、柔和で話しやすく、けれど威厳というか迫力のある、そんな人物だ。

「で、早速本題に戻るが……何故俺が戻ってきたのかというと、今回の一件が、数年前に取り逃がしたある指名手配犯の再犯ではないかと疑っているからだ」

「指名手配犯？」

「ああ。数年前――モンスターを急成長させる《魔道具》を開発していた犯罪者がいたんだ」

　ガルベリスは、机の上で手を組み、当時を思い出すように語る。

　口元が隠れ、目元は虚空を見詰めている。

「当時、王国騎士団とも協力し、そいつを追っていた」

『流石、Aランク冒険者ともなれば王国騎士団と繋がりを持てるんですね。ま、クロスは《邪神街》の顔役とコネがありますけどね！』

「エレオノール様、張り合う必要はありませんよ」

「……ん？　話を続けるぞ？　しかし、そいつは中々逃げるのが上手い奴でな……追っている途中に忽然《こつぜん》と姿を眩《くら》まし、その後の足取りが掴めずにいた」

　そのまま数年間、空白期間が出来上がり、どこかで人知れず野垂れ死んだのではとか、国外に逃亡したのではなんて憶測が流れていた。

「……そんな中、今回、ガルガンチュアのマザーが発見されたって知らせが飛んできたんだ」

「……マザークラスは、本来であれば言い伝えの中の存在。そう簡単に現出するものではない」

クロスの後ろで、ジェシカが組んだ腕で自身を抱き締めるようにしながら、小さく呟いた。

彼女も、あの時のマザーの姿が若干トラウマになっているのかもしれない。

「ああ、そのとおり。だから、その話を聞き付け、もしやと思った」

ガルベリスは続ける。

「取り逃がしていたあいつが、密《ひそ》かに《魔道具》を再使用し、モンスターを急成長させる実験を再開したのではないか――と」

「実験？」

クロスが相槌《あいづち》を打つ。

「そいつは、《魔道具》の研究家だった。自分の作成した《魔道具》を使ってモンスターを急成長させ、戦闘の道具にすることができれば国に売れるのでは？　……と、そんな野心を抱いている奴だった。だが、その内に自分自身でモンスターを強化して使役できないものかと、私利私欲に走るようになっていってな」

ガルベリスは溜息を吐く。

「夜な夜な、密かに野良のモンスターを成長させ、自分の言うとおりに動かそうと試すようになり……やがて、それによる被害が民間にも出始め、所業が発覚。既に複数のモンスターを使役していたため、王国騎士団だけでは手に負えず、俺にお呼びが掛かった」

「なるほど……」

モンスターを成長させ、操り、自分の手足のように動かす。

そんなことができるようになれば、確かに恐ろしい。

「奴がコントロール下に置いていたモンスターは全て倒した。奴自身も捕らえようとしたが、中々しぶとく……そうこうしている内に、パタッと足取りが掴めなくなった。そしてしばらく時間が経過し、今回の件が起こった――」

経緯を語り終え、ガルベリスは顔を上げた。

「おそらく、奴はこの数年間、地下に潜って完全に息を殺していた。表には出てこず、しかし、《魔道具》の研究は少しずつ進めながら。そして、ほとぼりが冷めたと考え、遂に動き出した……と、俺は思ったんだ」

「そんなことがあったんですね……」

マーレットが呟く。

「しかし、数年も足取りが掴めなかったというと、一体どこに隠れていたんだ……」

ジェシカが眉間に皺を寄せる。

その場のみんなが考え込み、沈黙する。

「あ、もしかして」

そこで、だった。

クロスが気付いたように、声を上げた。

「《邪神街》じゃないですか？」

「……あ」

みんなが、一斉に顔を上げた。

「ベロニカは、何か知らないかい？」

クロスは振り返り、ベロニカに問う。

「ああ、おそらくそいつと思われる奴の話なら、小耳に挟んだことがあるぞ」

スパッと、ベロニカが言い放った。

「え、知ってるんですか!?」

思わず、マーレットが驚き聞き返す。

「ああ、《邪神街》では派閥同士の抗争が激しい。情報は重要だ。特に、よそ者がやって来たりしたら、すぐに知れ渡る」

ベロニカは、さも当たり前という感じで語っていく。

「そいつは、外の世界から逃げ込んできた犯罪者の一人だと聞いていた。まぁ、そんな奴は珍しくもないし、ほとぼりが冷めるまで大人しくしているから放っておいてくれと言っていたらしい。しかも、《邪神街》の中でも、狼の獣人が取り仕切っている領域《シマ》じゃなく、結構ヤバい中枢区寄りの方に潜んでいたそうだったからな。だから、特に気にもしていなかったが」

「……おいおい、一気に話が進んだな」

ガルベリスが苦笑を浮かべる。

「なるほどな。確かに《邪神街》に逃げ込んで、しかも外の人間が簡単に立ち入れない中枢区近くに潜んでいたなら、捕らえるのも難しい……そして、そいつは数年間《邪神街》で虫のように息を殺し、出てきて悪さをし出した、ということか」

「ありがとう、ベロニカ」

いきなり、《邪神街》との繋がりが役に立った。

クロスがお礼を言うと、ベロニカは「えへへ」と、嬉しそうに耳を動かしている。

「問題は、今奴がどこに潜んでいるか、だ」

そんな中、ガルベリスが言う。

「おそらく、ガルガンチュアの急成長体が発見されたのは奴の仕業。それが潰され、別の場所に拠点を移したのかもしれない」

「あ、そうだ」

そこで、更にクロスが気付いたように声を上げる。

「先日の、ソードボアの大量発生」

「……あ、もしかして」

クロスの言いたいことが伝わったのか、マーレットが口を挟む。

「あのソードボア達も、本来活動していた場所に別の強力なモンスターが現れて、それで追い出されたんじゃ」

「その指名手配犯が、別のモンスターを成長させて使役し、根城を確保しようとして、ソードボア達が追い立てられた、というわけか」

ジェシカが繋げる。

「だとすれば、あの都の外れの自然地帯……あの周辺が怪しい」

森や山に囲まれた、大自然の一角だ。

どこかに何が潜んでいても、不思議ではない場所である。

「しかし、周辺と言っても場所は広大だな。どうやって探すか……」

ガルベリスが唸る。

「王国騎士団の協力は求められるだろうが、相当数の人員の動員を考えると認可されるのにも時間が――」

「なら、うってつけの方法がありますよ」

そこで、クロスが言う。

表情に、自信に溢れた笑顔を浮かべ。

『おお、クロス、なんだか頼もしいですよ。すっかり冒険者の顔になっちゃって』

後ろで、エレオノールが「よよよ」と涙を浮かべている。

後方母親面である。

「とは言っても、僕に何かができるというわけではありませんが……ベロニカ」

クロスは再び、ベロニカの名を呼ぶ。

「そうか、クロスの考えてること、わかったぞ」

以心伝心。

クロスの言いたいことが伝わり、ベロニカはニッと笑う。

「どういうことだ？」

「ベロニカと、彼女の統括《とうかつ》する狼獣人達に協力してもらうんです」

ガルベリスに、クロスは言う。

「彼女達の鼻は、何よりも追跡に適しています」

＋＋＋＋＋＋＋＋＋＋＋＋＋＋

——数日後。

Ａランク冒険者——ガルベリスの依頼により、モンスターを急成長させるという《魔道具》の研究家にして指名手配犯——その捜索が、開始されようとしていた。

「ここが、か」

「はい、ソードボアの群れの異常発生が確認された場所です」

先日、ソードボア討伐任務の際に訪れた平原に、クロス達はやって来ていた。

そして、その場には——クロス達だけではない。

「クロス、準備は整っているぞ」

「うん、ありがとう、ベロニカ」

ベロニカ及び、彼女が束ねる狼の獣人達が揃っていた。

何十……いや、百人近い狼獣人達が、乱れることなく整列している。

その迫力のある光景を前に、ガルベリスも「凄いな……」と、少々感動に近い感情を抱いている様子だ。

「ガルベリス殿……」

そこで、ガルベリスの名を呼んだのは、甲冑《かっちゅう》に身を包んだ一団だった。

この国の国章が刻まれた鈍《にび》色の防具に身を包んだ彼らは、王国騎士団だ。

クロスが《邪神街》との繋がりを利用し狼獣人達を呼んだように、今回の件を受け、ガルベリスも彼らに協力を依頼したのだ。

しかし、流石にすぐのすぐでは大人数の手配は難しかったらしい。

数十名ほど……それでも、王国騎士団の騎士を動かせるのは凄いことであるが。

「ああ、無理を言って来てもらって申し訳ない。何分、人手が欲しかったものでな」

「話は聞いています。数年前に行方を眩ませた《魔道具》研究家にして指名手配犯、グスタフ……奴が、再犯を開始したと」

グスタフ——それが、指名手配犯の名前である。

クロス達も、事前にガルベリスから聞いている。

「そのグスタフが潜んでいる可能性の高い場所がこの付近のため、捜索を行う……ということで良いのですか？」

「ああ、そうだ」

「なるほど、しかし……」

そこで、騎士達は目前の獣人達に訝しげな視線を送る。

やはり、王国の平和を守る彼らとしては、《邪神街》の住人がこの場にいることが、少々解せないようだ。

「おや？」

しかし、その時だった。

クロスの姿を見て、騎士達の中から声が上がった。

「き、貴殿は！」

「ん？」

その騎士は数名の仲間達と何やら話し、すぐにクロスの方へと駆け寄ってきた。

「お久しぶりです！　先日は助かりました！　高名な魔道士の方とばかり思っていましたが、まさか冒険者の方だったとは！」

『おや？　この騎士さん達は、どこかで見たような……』

「あ」

エレオノールの言葉を聞き、クロスは思い出した。

興奮した様子でクロスの元へとやって来た彼らは――教会を追放されたその日にクロスが助けた、盗賊に襲われていた富豪のお嬢様の護衛を務めていた、あの騎士達だった。

「ああ、その節は、どうも……」

「驚きました！　まさか、このような場所で再会できるとは！」

「あれから、貴殿にまたお会いしたく聞き込み等をしていたのですが、全く足取りが掴めず……あの時のことは、今でも感謝しております！」

「我々の命の恩人です！」

騎士達は驚きつつも、クロスとの再会を純粋に喜び、我も我もと声を発していく。

他の騎士達も、おそらくクロスのことを彼らから聞いていたのだろう。

「あの人が、例の……」「盗賊団を魔法で瞬殺したという……」「二十人近い荒くれ者どもを血祭りに上げた……」と、なんだか盛大に尾ひれの付いた話が聞こえてくる。

「あの、クロスさん、この騎士の方々は……」

騎士達の反応に、一緒に来ていたマーレット達も驚いている。

「ああ、ええとですね……」

仕方なし、クロスはマーレット達にもその件を説明した。

「凄い！　冒険者ギルドに来る前に、まさかそんなことがあったなんて！」

「流石、クロス様だ」

自分達と出会う前のクロスの英雄譚《えいゆうたん》を聞き、マーレット達も感心している。

ガルベリスも、「ほう……」とそのエピソードに驚嘆していた。

「それで、今回の指名手配犯グスタフの捜索には、クロス殿も参加なさっているのですか？」

「はい。《邪神街》の獣人の皆さんに協力してもらうため、僕も関わらせていただいております」

「え？」

「クロスは《邪神街》のガイドなんだ。オレ達は、クロスの命令で今回の捜索に協力することになった」

ベロニカが、何故か胸を張って騎士達に言う。

「いや、ベロニカ、別に命令じゃ……」

「な、なるほど、この《邪神街》の獣人達は、クロス殿の縁故により従っているということか……」

「まさか、あの《邪神街》の住人とも繋がっているとは……」

「只者ではないと思ってはいましたが、想像を絶する……」

騎士達は、獣人達がクロスの口利きでここにいるとわかったためか、彼らを信用してくれたようだ。

『クロス、ひとまず今は余計なことは言わないでおきましょう』

「そ、そうですね……」

何はともあれ、今第一に優先すべきは、指名手配犯の捜索だ。

「では、ガルベリスさん、始めさせていただきます」

「ああ、よろしく頼む」

クロスはガルベリスに言うと、続いてベロニカを見る。

「ベロニカ、例のものは……」

「うん、問題無く発見できたぞ」

ベロニカが視線を後ろに向けると、数名の獣人達が木箱を持ってくる。

その中には、衣服や家具、それになんらかの実験に使うような機材が詰め込まれていた。

「《邪神街》中枢区に潜伏していた、その指名手配犯の隠れ家に残されていた私物だ」

ベロニカが言う。

「もしもの際には、また逃げ戻ってこられるように隠れ家はそのままにしておいたみたいだ。それが、逆に命取りになるとも知らずにな」

「向こうは、まさか《邪神街》の住人が冒険者に協力するなんて思ってもいなかったんだろう」

そう話しながら、獣人達は指名手配犯の私物を回していく。

「では、皆さん、よろしくお願いします」

クロスの合図と共に、指名手配犯グスタフの匂いを覚えた獣人達が、周囲に散開していく。

近くに対象の痕跡《こんせき》が無いか、嗅《か》ぎ回る。

「オレも協力するぞ」

ベロニカも、実験器具の匂いを嗅いで覚えたようだ。

「どうかな？　ベロニカ」

「……微弱に、感じる」

ベロニカの鼻は、狼獣人達の中でも一際高い性能を持つと聞いている。

「向こうの森の方が怪しい」

「流石、ベロニカ。頼りになるな」

「ふふふ……クロスの匂いなら、どこまでだって追跡できるぞ」

ちょっと恥ずかしそうに言うベロニカ。

「凄いぞ、ベロニカ」と、クロスが頭を撫でてやると、ベロニカは嬉しそうに「くぅんくぅん」と、喉を鳴らす。

『このわんこ、もう部下の前とか関係無いのですね』

さて――ともかく、ベロニカの鼻に従い、一団は平原の向こう――深い森の方へと進んでいく。

大人数で周囲に展開しながら、匂いを辿っていく。

「ん？　こっちから匂いがしないか？」

「ああ、確かに」

「そっちに進んでいってみるか」

着々と、獣人達も指名手配犯の匂いを捉えていく。

「ベロニカ、どうかな？」

「うん、少しずつ匂いの痕跡が増えてきてる。ここら辺で活動しているのは、間違い無いぞ」

クロスの隣で、ベロニカが鼻を動かしながら言う。

「おいおい、凄いな。こんなに簡単に追跡ができるなんて」

ガルベリスも驚いている。

驚異的な嗅覚を持つ狼の獣人達が、これだけの人数味方になって調査に協力してくれる。

それ自体が、まずありえないことなので仕方がない。

「よし、先に認識を共有しておくぞ。もし対象を発見したら、奴は複数のモンスターを使役している可能性がある。油断はするな」

森の奥へと進みながら、ガルベリスが振り返って言う。

今回の捜索に参加している、獣人と騎士以外のメンバー……つまり、冒険者は、クロス、ガルベリス、そしてクロスのパーティーメンバーのマーレット、ミュン、ジェシカ。

加えて――。

「なんで自分らがおんねん」

バルジ達のパーティーも。

「クロスさんの活躍を一番近くで見るためだろ！」

「……………」

「ああ！　嘘！　嘘！　俺達も協力したいからです！」

呆れ顔を向けるマーレット達に気付き、バルジは慌てて訂正する。

「皆さん、ありがとうございます」

一方、クロスは純粋な笑顔をバルジに向ける。

「みんなで、必ず指名手配犯を捕らえましょう」

「押忍《オス》！」

バルジは気合いたっぷりに叫ぶ。

「対象は生け捕りにする……だが、万が一の際には命を奪うことになってしまっても仕方がない。これ以上の被害を出さないためにも、それに、俺達の中から死者を出さないためにもな」

ガルベリスの言葉に、みんなが深刻な表情で頷く。

この場にいるのは、戦闘を職務とする冒険者達だ。

死と隣り合わせの状況は、覚悟の上である。

それでもガルベリスがここまで言うということは、それだけ一筋縄ではいかない相手だということだ。

一同は、着々と森の中を進行していく――。

――そして。

「……匂いが、一段と濃くなってる」

ベロニカが呟いた。

「この周辺に、ほんの少し前までいた感じだ……」

その時だった。

「ボス！」

一人の獣人が、ベロニカの元へと駆け寄ってくる。

「向こうの方に、怪しい人影がいたって報告が……」

「ぐわぁ！」

ちょうど、その獣人が指さした方向から、悲鳴が聞こえた。

『クロス！』

「はい！」

瞬時、クロスは走り出す。

駆け付けると、一人の獣人が地面に蹲《うずくま》っていた。

「大丈夫ですか！」

「す、すいません、クロスさん、下手こきました……」

話を聞くと、怪しい人影を発見し追跡したところ、彼は何か薬品のようなものを腕に掛けられたらしい。

「見せてください」

クロスは、獣人の腕を取る。

獣毛に覆われた右腕の中間当たりが、焼けただれて溶解していた。

「《治癒》」

クロスは瞬時、《治癒》を掛ける。

獣人の負傷した腕は、徐々に修復されて元どおりとなった。

「ありがとうございます、クロスさん！　このご恩は必ずやお返しします！」

「大丈夫ですよ」

彼ら獣人は、生まれ育った環境のせいか任侠《にんきょう》的な部分が強い。

傷を治したクロスに土下座する獣人へと、クロスは困ったように笑いながら答える。

「薬品を掛けられたらしいな……」

そこに、ガルベリス達が追い付いてきた。

「これで、確定と見て間違いないな。グスタフは、この森に潜んでいる」

指名手配犯グスタフは、主に薬品型の《魔道具》の研究家だった。

モンスターを成長させたり、モンスターに言うことを聞かせるための薬品を作っていたのだ。

クロス達は追跡を再開する。

獣人達の鼻に従い、匂いを追っていく。

そして――。

「クロス……あそこが怪しい」

森の奥地。

クロス達の前に、巨大な岩山と――洞穴の入り口が現れた。

以前、ガルガンチュアを討伐に向かった時と、似たような洞穴だ。

だが、今回はその時よりも更に大きな入り口をしている。

「匂いが強くなってるって、みんな言ってる」

「では、あの中に潜んでいる可能性が高いですね」

クロスがみんなを見回す。

全員、引き締まった表情で頷き返す。

「ベロニカ、ここから先は道が狭まる。入るのは、限られたメンバーだけにしたい」

「わかった、オレが中に行く。残ったみんなで、入り口を囲ませておく」

「騎士団にも、入り口付近で待機するように言っておこう」

というわけで――洞窟の中に入るのは、クロス、ガルベリス、マーレット、ミュン、ジェシカ、ベロニカ……。

「俺も！　俺も行かせてください！」

そして、本人の強い希望で、バルジも参加することになった。

彼のパーティーメンバーは、外で騎士と獣人達と一緒に待機である。

これで、万が一グスタフが外に逃げ出したとしても、入り口には百人以上の獣人と騎士、そして冒険者が取り囲んでいる形となる。

袋のネズミだ。

「よし、行くぞ」

ガルベリスを先頭に、選出されたメンバーが洞穴の中へと入る。

クロスは、《光球》を発動し足下を照らす。

しかし、中でバラバラに動かなくてはいけない可能性も考慮し、数名が松明を持つことにした。

洞穴の中を、しばらく進む。

「……近いぞ」

ベロニカが呟いた。

その時だった。

近くの岩陰から、何かが飛び出した。

「っ！」

襲い掛かられたのはジェシカだった。

しかし、ジェシカは瞬時に反応し、腰の剣を抜いていた。

飛来した何かに、一閃をお見舞いする。

「何⁉」

しかし、ジェシカが切断し二つになった何かは、地面に落ちると同時に動き、互いにくっ付き合って元の形状へと戻った。

「これは……スライムや！」

ミュンが松明を翳して叫ぶ。

そこにいたのは、石塊ほどの大きさの粘液の塊だった。

毒々しい、汚水のような色をしたそれが、ゆらゆらと揺れている。

「しかも、《マッド・スライム》だな」

ガルベリスが、背中の大剣に手を掛けながら言う。

マッド・スライム――スライムはスライムでも、全身が毒性の粘液で構成された、かなり攻略難度の高いスライムである。

物理攻撃の効果が薄く、しかも触れれば体を侵食する毒を持つ。

「……クロス」

「ああ、ベロニカ」

ベロニカが何かに気付いたように呟く。

同時、彼女の言いたいことを察したクロスが、天井に向かって《光球》を移動させる。

遙か上空で輝きを増した《光球》の明かりによって、洞窟内が昼間のように照らし出された。

「……な⁉」

「うわぁ……」

バルジとミュンが、思わず声を漏らす。

今、彼らのいる場所は広い空洞となっており、周囲には大量のマッド・スライムが蠢いていた。

暗闇の中で襲われたら、ひとたまりもなかっただろう。

「クロス！　あそこだ！」

そして、ベロニカが叫ぶ。

マッド・スライムの群れの奥――そこに、ぼろ切れのようなマントを被った男が一人。

「グスタフ……っ！」

ガルベリスが、忌々《いまいま》しげにその名を呼ぶ。

その男こそ、かつてガルベリス達が取り逃がし、《邪神街》に身を潜め、そして活動を再開した指名手配犯――《魔道具》研究家のグスタフだった。

「く、クソッ、どうしてここが……」

グスタフが、信じられないというように声を漏らす。

マントの下――両目の下に深いクマを浮かべた顔が見える。

事前に見た人相書きと同じだ。

グスタフは、この洞穴の奥深くにマッド・スライム達を使役し潜み、時々洞窟の外に出ては森の中で活動していたのだろう。

まさか、ピンポイントでこの隠れ家を突き止められるなんて思いもしていなかったようだ。

「観念しろ、グスタフ！　逃げたところで、入り口は既に包囲されている！」

ガルベリスが叫ぶ。

「オレの部下……狼の獣人が百人近くいる。逃げ切れると思うか？」

「王国騎士団もだ」

「俺のパーティーもな！」

ベロニカとガルベリス、ついでにバルジの言葉に、グスタフは目を見開いた。

「狼の、獣人……!?　そうか、だから俺を追跡できたのか……だが、なんで《邪神街》の獣人が人間に協力なんて……」

グスタフは、忌々しげに頭を掻き毟《むし》る。

「あのガルガンチュアも……せっかく、マザークラスまで成長させられたのに……俺の《魔道具》は、完成しているのに……」

「お前の生み出した《魔道具》の性能は、確かに凄まじい。だが、お前自身が、その《魔道具》を悪事に使おうとする野心で溢れている……見逃すわけにはいかない」

「くそ……クソォッ！　やれ、マッド・スライムども！」

グスタフが叫ぶと同時、マッド・スライムの群れがクロス達へと襲い掛かった。

やはり、グスタフの命令で動くよう《魔道具》で調教が完了しているようだ。

「来るぞ！」

「おお！」

襲いくるマッド・スライムの群れ。

これだけの量が相手では、並大抵の冒険者では太刀打ちができないだろう。

だが——。

「マーレット！　すまないが、今回私は足手まといのようだ！」

「すまんけど、ウチもやな」

「大丈夫です！」

物理攻撃を主とするジェシカとミュンが、マーレットの後ろに回る。

クロスとの邂逅《かいこう》により、余計なプライドを抱くことの無くなった彼女達は、冷静に現状を把握し、最適解に身を委ねる。

物理攻撃、肉弾戦を主とするジェシカとミュンでは、マッド・スライム相手は不利だ。

なので、ここはマーレットに場を譲る。

「ミュンさん！　ジェシカさん！　ここは私が！」

マーレットは、腰から二挺《ちょう》の《魔法拳銃》を抜いて構える。

瞬時、自身達へ襲いくるマッド・スライムに、火炎魔法の弾丸を浴びせていく。

銃撃を受けたマッド・スライムは、爆炎と共に動きを止める。

「無駄だ！　そんな初級《炎魔法》レベルの魔法弾で、こいつらが仕留められるか！」

グスタフが叫ぶとおり、銃撃されたマッド・スライムは、まだ形状を残している。

銃撃に一瞬怯《ひる》んだものの、すぐにマーレット達への攻撃を再開する。

「なら……」

しかし、マーレットの手札はその程度で終わらない。

二挺の《魔法拳銃》の銃口を合わせると、装填《そうてん》された火炎弾同士を混ぜ合わせるように、銃撃をチャージする。

「《合成魔法弾》」

発射されたのは、通常の火炎弾の数倍はある巨大な業火球。

《魔法拳銃》の弾丸を組み合わせた《合成魔法弾》――その強力な一撃を見舞われ、マッド・スライムの全身が蒸発する。

「なっ⁉」

その光景を見て、グスタフが驚愕する。

『おお！　あのロリ巨乳娘、中々やりますね！』

「マーレットさんだけではありませんよ」

興奮するエレオノールの一方、《光刃》でマッド・スライムの《核》を的確に切断していたクロスが言う。

「おらぁ！」

杖を構えたバルジが、《風魔法》を起こしスライム達を牽制する。

風圧を受けたマッド・スライムは、風に飛ばされないよう、その場に固まるように動きを止める。

「フッ！」

そして、身動きを封じられたスライム達に、ガルベリスが襲い掛かる。

彼が手にするのは、背中に背負っていた大剣。

その剣身に指先を這《は》わせると、大剣に炎が付与《エンチャント》される。

Aランク冒険者、《付与術士》のガルベリスは、得物に魔法効果を纏わせる技を使う。

彼は、炎熱の魔法効果を宿した大剣で次々にマッド・スライムをなぎ払っていく。

「な、な、な……」

マッド・スライムの大群を率い、圧倒的に有利だったはずのグスタフ。

しかし、彼の目の前で、そのスライム達が一瞬にして討伐されていく。

スライム系のモンスターは、《核》を破壊されなければ体を修復する力を持つという利点があるが……最早、そんなものは関係無い。

瞬く間に全身を焼き消され、また《核》を切断され、次々に消滅していく――。

「クソ……クソ！　もう少しだというのに……！」

グスタフは頭を抱え、まるで駄々をこねる子供のように地団駄を踏む。

「モンスターの成長速度を速める効力は、徐々に安定してきている……！　俺の実験は、もうすぐ成功するんだ！　人間世界を恐怖に陥れる、凄まじい《魔道具》薬品が生み出せるんだ！」

「そんなことをしてどうなる！　混乱を招くだけだ！」

眼前のマッド・スライムを切り裂き、ガルベリスが叫ぶ。

「だからだ！　この《魔道具》は高値で売れる！　この国だけじゃない、他の国だってこぞって欲しがる！　俺は、俺の《魔道具》の力を証明し、金さえもらえればそれでいい！」

良く言えば、自身の欲望に忠実とも言える。

しかし、その身勝手な発言を聞き、彼ら冒険者が「はいそうですか」と受け入れるはずがない。

むしろ、更に攻撃の速度は増していく。

壁となるスライム達の数が、目減りしていく――。

「ぐぅ……こうなったら！」

瞬間、切羽詰まったグスタフが、自分を守らせるように周囲に配置していたスライム達に命令する。

「合体しろ、マッド・スライムども！」

残されたスライム達が集合し、その体が重なって、溶け合い、増幅していく――。

「全員警戒だ！　マッド・スライムが合体した！　でかいぞ！」

直後――彼らの目前に、天井に届きそうなほどの巨大なマッド・スライムが現出した。

身を捩《よじ》るだけで、まるで大津波が迫ってくるような迫力を覚える。

しかも、猛毒の大津波だ。

マーレットの《合成魔法弾》や、バルジの風を受けるが、意に介さず襲い掛かってくる。

「ハハッ！　今の内に……」

その隙に、グスタフは場に背を向ける。

敵が巨大マッド・スライムに苦戦している今が好機――逃げ出そうとしたのだ。

だが――。

「逃がしません」

――直後、グスタフの背後で、神々しい光芒《こうぼう》が発生した。

――と、思ったその刹那、爆光、爆音、爆風。

「な」

振り返る。

火柱が上がり、そこに君臨していたはずの巨大なマッド・スライムが、跡形も無く消滅していた。

その奥には、クロスが立っている。

手にしているのは、《極点魔法》――《天弓》。

彼の放った《赤矢》の一撃が、大津波の如きマッド・スライムを一瞬で蒸発抹消に至らしめたのだ。

「ひ、ひぃぃ！」

腰を抜かしながら、それでも這って逃げようとするグスタフ。

「逃がさない」

だが、既にベロニカが回り込んでいた。

立ちはだかった強面《こわもて》の女獣人を前に、グスタフは悲鳴を上げ、また逆方向に逃げようとする。

その前に、クロスが立った。

「あ、あああ、あんた！」

そこで、混迷状態のグスタフが、クロスの足にしがみついてきた。

「あんた、お、俺と組まないか⁉　今の攻撃！　すげぇ力だ！　《極点魔法》か？　ガルガンチュアのマザーを倒したのも、きっとあんただろ⁉」

クロスに縋《すが》りつくように、グスタフは言う。

「俺と組もう！　俺の《魔道具》で、俺がモンスターを急成長させ、あんたがそのモンスターを倒すんだ！　そうすれば、強力な《魔石》を簡単に取り出せる！　売り捌けば遊んで暮らせるだけの《魔石》が、効率的に手に入るぞ！　俺とあんたで、荒稼ぎしよう！」

おそらく、追い詰められて正常な思考ができなくなっているのだろう。

そんな与太話を繰り出すグスタフに、クロスは——。

「いえ、残念ですが、そのお話は丁重に断らせていただきます」

冷静に対応する。

「何より、強力な《魔石》が手に入るという点……それは不可能なんです」

「は、はぁ？」

「あなたの薬品によって成長させられたモンスターは、不完全な存在なんです」

「え？　は？」

困惑するグスタフに、クロスは説明する。

クロスは以前、グスタフが成長させていたガルガンチュアのマザーを倒し、手に入った《魔石》の一部を使って、結界の《魔道具》を作ってもらった。

しかし、あの《魔石》は不完全なものだった。

結界の《魔道具》の作成を請け負った工房の職人が、《魔石》が脆《もろ》く、《魔道具》は作れるが効果は長続きしないと言ったそうだ。

その報告を、クロスは受付嬢のリサから伝えてもらっていた。

それでも、作成された《魔道具》を寄付された農村からは、その思いに対する感謝の手紙をもらったのだった。

「あのガルガンチュアも、外見はマザークラスですが、その内部の《核》は脆いため、寿命が短くやがて消滅していたのでは……と憶測が立っています」

「…………」

つまり、グスタフの研究も……彼の《魔道具》も不完全なものだったと、そういうことだ。

「く、くそぉ！　くそぉ！　そんなわけあるか！」

グスタフは、現実を受け止めたくないのか――頭を振って取り乱す。

「俺の研究は、《魔道具》は、完璧だぁ！」

そして激昂《げっこう》すると、懐から瓶に入った薬品を取り出し、クロスに向かって掛けようとする。

しかし、その薬品はクロスの眼前に展開した《光膜》に弾かれた。

跳ね返った薬品を、グスタフは結果、頭から被ることになる。

「ぎゃあっ！」

おそらく、先刻獣人に浴びせたのと同じ薬品だろう。

グスタフの頭が、ジューと音を立てて煙を上げる。

「馬鹿め」

ベロニカが、グスタフの首に手刀を叩き込む。

「《治癒》」

気絶したグスタフに、一応クロスが《治癒》を施し、全身を捕縛する。

何はともあれ――対象の確保には成功した。

「みんな、ありがとう」

その場に集まった一同を見回し、ガルベリスが言う。

「これにて、任務完了だ」

++++++++++++++

こうして――長年行方を眩ませていた指名手配犯、薬品《魔道具》研究家、グスタフは捕縛された。

洞穴の外へ連行し、待機していた王国騎士団へ受け渡す。

彼らに深く感謝され、そして、獣人達の称賛の声に包まれ、今回の任務は完了となった。

「クロス君」

そして、全てが終わった後。

森の外へと戻ってきたところで、ガルベリスがクロスに声を掛けた。

「今回の件で、君が多大な信頼を預けられる存在だとわかった」

ガルベリスが手を差し出す。

クロスは、「ありがとうございます」と、彼と握手をした。

その光景を見て、マーレット達も意気揚々と言葉を交わす。

「クロスさん、Aランク冒険者のガルベリスさんのお墨付きをもらいましたね！」

「こうなったら、もう冒険者ギルドも無視はできないやろ」

喜ぶ彼女達の一方、そこで、ガルベリスが言う。

「俺から、クロス君にお願いがある」

「お願い？」

「冒険者ギルドには、俺から話を通す」

ガルベリスは、クロスに頭を下げた。

そして、思い掛けない提案を口にした。

「クロス君、君にはAランク冒険者に昇格してもらった後――俺のパーティーに加入して欲しい」

エピローグ　昇格

「ぐぅぅ……」

神聖教会支部。

司祭ベルトルは、その顔に明らかな不機嫌を滲《にじ》ませて廊下を足早に歩いていた。

別に、どこかに向かっているわけではない。

彼がこのような行動を起こしている理由は、二つある。

一つは、こうして移動していないと『クロス擁護派』に見付かり、クロスを教会へ復帰させることはできないかと訴えられ、鬱陶しい話し合いをしなくてはいけなくなるから。

そしてもう一つは、そのクロスの冒険者ギルドでの待遇に関することだ。

ベルトルはギルド側に圧力を掛け、クロスが冒険者として冷遇されるように謀っていた。

神聖教会は、この国内でもトップレベルの規模を持つ宗教団体。

冒険者ギルドの運営陣の中にも、関係者が多くいる。

近隣大都、クロスが活動の拠点としている冒険者支部の支部長は小心者で、こちらがちょっと圧を掛ければ『神聖教会の機嫌を損ねてはならない』と、クロスを腫れ物のように扱っていた。

これで、あの憎きクロスは冒険者ギルド内でも居場所を失うに違いない……そう思っていた。

しかし、先日のことだった。

この支部に、冒険者ギルド職員と共に一人の男がやって来た。

その人物とは、Aランク冒険者のガルベリスだった。

どうやら彼は、ひょんなことからクロスと親交を持つようになり、彼がその実績に対し、明らかに不当な立場にいる現状に疑問を抱いたようだ。

そして、支部長と相談したところ、クロスの古巣である神聖教会が評価の査定に関わっていると察したらしい。

『ベルトル司祭、ご安心を。クロス君の人柄に問題があるというのなら、このAランク冒険者ガルベリスが、責任を持って彼の指導に当たります』

司祭の執務室で向かい合って話をしている間、ベルトルは冷や汗を流しっ放しだった。

Aランク冒険者ガルベリスは、王国上層部からも依頼を受け、数々の功績を挙げてきた実力者。

当然、彼と懇意の有力者も多い。

何を隠そう、神聖教会の上層部とも仲の良い付き合いをしている。

神聖教会でも気に留めなくてはならない、重要人物の一人なのだ。

そんな彼がわざわざ出向き、たかが支部のトップでしかない自分に直接口添えに来たのだ。

そうなったなら、流石にこちらが引き下がらざるを得ないというものだ。

更に、一緒に同行していた冒険者ギルドの職員からは、事もあろうにお礼を言われた。

先日、クロスが《邪神街》の出身であるとベルトルが言った件――確かに、彼は《邪神街》の権力者と繋がりを持ち、しかも人間世界の事件の解決に一役買ってもらえたと。

ベルトルの発言も、彼が《邪神街》のガイドであることの裏付け、そのための信用性の高い証言の一つとなってしまったのだ。

「クソッ……クロスめ！　一体どうやって、これほどの人脈を……ッ！」

苛立ち、爪を噛み、ベルトルは廊下を闊歩《かっぽ》する。

いずれ、この神聖教会内での人事闘争の際には確実に邪魔者になると思った。

だから、小さい内にその芽を摘んだつもりだった。

しかし、外にいても影響を及ぼしてくる。

憎たらしい、恨めしい――。

「ベルトル司祭」

その時だった。

彼の前に、一人の女が立ちはだかった。

「シスター・アルマ」

アルマ――そう呼ばれたシスターは、神聖教会の修道服に身を包み、ベールの下から美しい銀髪が流れ出すように輝いている。

整った顔立ちで、中でも切れ長の目が特徴的だ。

彼女はこの神聖教会支部に所属する修道女の中でも高い《魔法》の実力を持ち、他のシスター達からも特別視されている人物だ。

よく見れば、彼女の後ろに、もう二人シスターの姿が見える。

顔立ちも背丈もそっくりな、双子のシスターである。

「クロス神父に関するお話ですが」

「クロス……申し訳ないが、今はその名前は聞きたくな――」

「再三再四、クロス神父の処遇に関し意見を申し上げてきましたが、その度にはぐらかされ、対話の場も設けていただけず、一向に事態が進展しないことに憤りを感じておりました」

アルマは、氷のように冷たい無表情のまま、ベルトルに告げる。

「私は、以前より神聖教会の誠意に欠けた対応の数々に不信感を抱いていました。この度、我慢の限界を迎えたため、私アルマを初め同意のあるシスター一同、脱会させていただきたく申し上げに参りました」

「……は？」

「では」

ベルトルが何かを言う前に、アルマは背を向けていた。

その後ろに、付き添っていた二人のシスターも続く。

「ま、待ちなさい！　シスター・アルマ！」

シスター一同、脱会する？

流石に全員というわけではなく、彼女と後ろに続く二人の合計三名のことを言っているのだろうが、しかし、そうポンポンと人員に抜けられては困る。

業務に支障が出るし、自分の管理能力を疑われる。

何より彼女――シスター・アルマは、《魔法》の才能、家柄、人望、総合的な評価が高く、重宝していた部下だった。

少々、クロスに関して入れ込んでいる節があったが、そこはなぁなぁに流し続けて、行く行く上に上る際には有効活用してやろうと思っていた人材だったのだ。

それが、いきなり抜けるなどと——。

「ま、待ちなさい！　待て、お前達！」

声を荒らげるベルトルだが、シスター達は耳を貸さない。

ベルトルの前から、立ち去っていく。

「く、くそっ！　クソぉっ！」

苛立ちと恨めしさ、そして上手くいかない状況に、ベルトルは子供のように地団駄を踏んでいた。

++++++++++++++

「良かったのよ、わざわざ私について脱会なんてしなくても」

「いいえ、私達も前からベルトル司祭に不信感はありましたし」

「気持ちはアルマさんと一緒でした」

神聖教会支部を出て、アルマを先頭にシスター達が歩いていく。

アルマは後ろに続く二人のシスター達——顔も背丈もそっくりな、双子のシスターを見て、ふぅと溜息を吐いた。

「それで、アルマさん」

「これからどうします？」

「……そうね」

アルマは、伏せていた目線を持ち上げる。

「……ひとまず、クロス神父の元に向かおうと思うわ。一目、今のご様子を見ておきたいから」

そう呟くアルマは、微動だにしない人形のような顔を、少しだけ赤く染めていた。

「クロス神父……そうですね！　私も久しぶりにお会いしたいです！」

「えーと、確か——クロス神父は今、冒険者になっているって聞きましたけど」

「冒険者……」

アルマは前を見る。

ここから遠く、一番近くの大都を、その場から見据えるように。

「なら、ひとまず行き先は冒険者ギルドね」

＋＋＋＋＋＋＋＋＋＋＋＋＋＋

悪質《魔道具》薬品研究家にして指名手配犯、グスタフの捕縛成功から、数後日——。

その日、クロスを初めとする件《くだん》の任務に参加したメンバー達は、冒険者ギルドを訪れていた。

クロスとマーレット、ジェシカ、ミュン、そしてバルジ達パーティー。

加えて、ガルベリスもいる。

「おい、本当なのかよ……」

「ああ、あのAランク冒険者、ガルベリスが実際に付き添いでいるんだ。間違いねぇだろ」

彼らの周囲には、何名もの冒険者達が集まって騒然としている。

クロス達の報酬結果報告を見学に来ているのだ。

「数年前に行方をくらました、《魔道具》研究家の指名手配犯を捕まえたって？」

「当時から、ガルベリスと王国騎士団の関わってた案件らしいじゃねぇか」

「マジかよ……ってことは、特A任務ってことかよ」

特A任務とは、特殊Aランク任務の略である。

通常のAランク冒険者が挑む任務とは違い、王国の上層階級が関わる特殊任務をいう。

言うまでもなく、その重要性、重大性は即ち、国家レベルということになる。

「その特Aランクの任務に参加して、しかも成功したってことは相当な成果だぞ」

「ああ、しかも聞いたか？　その捜索に、《邪神街》の獣人達が協力したって」

「は？　《邪神街》？　なんで、そんな場所の連中が人間に協力するんだよ」

「あのクロスって奴の口添えらしい」

一人の冒険者が、クロスと、その横に立つベロニカを指さす。

「あっちにいる女の獣人が、その狼獣人派閥の元締めで、あのクロスと繋がりがあるそうだ」

「なんだ、そりゃ？　どういう人脈だよ……」

「そもそもあの男、その狼獣人との繋がりが認められて、《邪神街》のガイドになったって話だ」

「《邪神街》のガイド!?　……おいおい、待ってくれよ……つまり、あいつ、《邪神街》の有力者と懇意ってことか？」

「あの女獣人が、古い知人なんだとか……」

「やべぇ、俺、この前あいつのことちょっと小馬鹿にするようなこと言っちまったぞ……」

「すぐに謝っとけって……」

そんなヒソヒソ話が漏れ聞こえてくる中、クロス達の前に担当受付嬢のリサ、そして、この冒険者ギルドの支部長が現れた。

「えぇ……まずは、この度の任務、誠にお疲れ様でした。そして、達成おめでとうございます」

支部長が言う。

特A任務ともなれば、報酬報告に支部長クラスがやって来るのか……と、冒険者達も驚いている。

「今回、長年足取りの掴めなかった指名手配犯を捕縛することができ、王国騎士団よりも深く感謝の意を伝えられました。これも、皆さんのお力の賜《たまもの》です」

支部長は、深々と――特に、クロスに対して頭を下げる。

「クロス殿、度重なる昇格審査の不手際、誠に申し訳ございませんでした」

「ああ、いえ、お気になさらず」

平身低頭な支部長に、クロスも慌てて返す。

「今回の報酬に関してですが、高額のためこの場での引き渡しは行わず、銀行へ振り込ませていただきます。加えまして――皆さんのランクの昇格に関する件ですが」

「………」

そこで、マーレット、ミュン、ジェシカが、どこか心配そうな視線をクロスに向けた。

「クロスさん……」

マーレットは、不安の表情を浮かべる。

『君にはAランク冒険者に昇格してもらった後――俺のパーティーに加入して欲しい』

数日前、ガルベリスがクロスへと言った言葉を思い出す。

その時は、いきなりの提案にクロスも困惑していたため、『また後日話をしよう』とガルベリスは言って、別れる形となった。

それから、クロスがガルベリスとどう話を付けたのか、マーレット達は知らない。

今日まで聞けずにいたのだ。

話題もわざと避けていた。

……聞きたくなかった、というのもある。

だって、こんな素晴らしい提案、クロスが蹴る必要など無い。

何より、それを止める権利も、自分達には――。

「マーレット、仕方がないわ」

ミュンが、マーレットの肩に手を置く。

「クロやんは、こんなところで燻《くすぶ》ってていい人材ちゃうし」

「クロス様の実力は、もっと相応しい場所で発揮されるべきなのだ」

ミュンは飄々と、ジェシカは冷静に。

しかし、どこか取り繕うような態度で、そう言う。

「では、お伝えさせていただきます」

そして、支部長が言う。

「マーレット様、ミュン様、ジェシカ様……」

三人の名が呼ばれる。

するとそこで。

「クロス様」

クロスの名も、続いて呼ばれた。

「四名とも、Cランク冒険者への昇格を認定致します」

「…………………………え？」

一瞬、マーレット達はその言葉の意味を理解できなかった。

「やりましたね、皆さん！　Cランクに昇格です！」

クロスが、無垢な笑顔を浮かべて三人を振り返る。

「え、え？　クロスさんは？」

「クロやん、Aランクちゃうの？」

マーレットとミュンは困惑し、ジェシカは絶句している。

「ははっ、なんだ、クロス君、彼女達に伝えてなかったのか？」

「あ、はい、なんだか、伝えるタイミングが無かったというか、そういう話をし辛い雰囲気があったので……」

当惑する三人の一方、ガルベリスが苦笑しながらクロスに声を掛けた。

「安心しろ、三人とも。クロス君は、俺の勧誘を蹴った。加えて、Aランクへの昇格も断られたよ」

「え……」

「彼は、このパーティーが好きなんだそうだ。だから、みんなで足並みを揃えていきたいらしい」

ガルベリスの言葉を聞いたマーレット達が、続いてクロスを見る。

「あ、ええと……ダメ、だったでしょうか？」

言葉を失う三人を前に、ちょっと焦り出すクロス。

そんな彼の表情を見て、三人は——。

「よ、良かったよぉぉぉ！」

マーレットが泣き出した。

びーびーと声を上げて、安堵の涙を零している。

「もう、ビックリしたぁ！　なんやのその理由!?　それで、Aランク昇格蹴るなんて、アホちゃう、クロやん！」

「ま、まったく、クロス様は律儀というか、誠実というか……」

そう言って冷静に対応しようとしているミュンとジェシカも、完全に涙ぐんでいる。

『あらら、女泣かせですねぇ、クロス』

クロスの背後から、エレオノールがにやにやしながら現れる。

『しかし、せっかくのビッグ・ドリームだったのに、こんな簡単に蹴ってしまうとは』

「すいません、女神様」

『まぁ、いいですよ、クロスはそういうキャラだとわかっていますから。その代わり、より一層のハーレム展開を期待させてもらいますからね。バンバン売上を稼ぐのですよ、売上を』

「なんの売上ですか？」

「ちなみに、バルジさん達はCランク継続です。今回は、あくまでもサポートに徹していたと聞きましたので、昇格にはもう少し評価が足りませんでした」

「え⁉　マジかよ！　まぁ、でもいいか！　クロスさんと同じランクだし！」

さり気なく、バルジ達の評価も発表されていた。

惜しくも昇格とはならなかったみたいだが、全然気にしていない様子である。

「クロス、クロス、次の任務はいつだ？　オレも協力するぞ」

「いや、ベロニカ、別にずっと協力してくれていなくていいんだよ。というか、そろそろ《邪神街》に帰った方が……」

「よし！　もう早速次の任務に取り掛かりましょう！　私、なんだかやる気が湧いてきちゃいました！」

「元気ですね、マーレットさん」

「ウチも、なんか体動かしたい気分や」

「クロス様、私の習得した新しい剣技、是非見て欲しい」

そんな感じで、クロス達は新たな任務へと向かう。

わちゃわちゃと騒がしい――この空気がやはり好きだと、クロスは改めて思った。

あとがき

はじめまして！　もしくはお久しぶりです！

主にＷＥＢ小説サイト『小説家になろう』様を中心に活動中の作家、ＫＫと申します！

商業作品としては三作目の刊行となるため、既にご存じの方もいらっしゃるかもしれませんが、今回が初対面の場合は、以後お見知りおきをお願いいたします！

さて――『「《邪神の血》が流れている」と言われ、神聖教会を追放された神父です。』、如何《いかが》だったでしょうか？

本作は、純粋で人の良い神父様が、教会を追放された後、それでも人助けをしたいと冒険者になります。

しかし、持ち前のチートクラスの魔力、魔法により、とんでもない活躍をしてしまう。

それでも本人は欲が薄く、そんな彼を誰も放っておけない――といった成り上がり物語となっております。

加えて、彼に付き添って、自身を崇拝する宗教を抜けて女神様もついてきてしまいます。

女神にあるまじき俗っぽい発言や、メタネタを連発する彼女も、この作品の大きな目玉の一つです。

自身としては初のハイファンタジージャンルからの出版ということもあり、緊張しております。

楽しめていただけたなら、幸いです。

では、最後になりますが謝辞に参ります。

本作を拾い上げ、書籍化していただいた担当編集様及び、ぶんか社様。

素敵なイラストを手掛けていただきました、イラストレーターチェンカ様。

本作を取り扱って下さいます、全国の書店様、書籍通販サイト様。

そして、今こうして本作を手に取り、お読みいただいている読者の皆様。

本当にありがとうございました。

それではまた、出会える日を夢見て。

KK

BKブックス

「《邪神の血》が流れている」と言われ、
神聖教会を追放された神父です。

～理不尽な理由で教会を追い出されたら、
信仰対象の女神様も一緒についてきちゃいました～

2023年7月20日　初版第一刷発行

著　者　ＫＫ《ケーケー》

イラストレーター　チェンカ

発行人　今 晴美

発行所　株式会社ぶんか社
〒102-8405　東京都千代田区一番町29-6
TEL 03-3222-5150（編集部）
TEL 03-3222-5115（出版営業部）
www.bknet.jp

装　丁　AFTERGLOW

編　集　株式会社 パルプライド

印刷所　大日本印刷株式会社

ISBN978-4-8211-4667-3